海天译丛

Ma dévotion

一生所爱

Julia Kerninon

［法］茱莉亚·凯尔尼侬 / 著

台学青 / 译

海天出版社
·深圳·

图书在版编目（CIP）数据

一生所爱 / (法) 茉莉亚·凯尔尼依著；台学青译.
— 深圳：海天出版社，2019.6
ISBN 978-7-5507-2621-5

Ⅰ.①一… Ⅱ.①茉… ②台… Ⅲ.①长篇小说—法国—现代 Ⅳ.①I565.45

中国版本图书馆CIP数据核字(2019)第055924号

版权登记号　图字：19-2018-105号
Ma dévotion by Julia Kerninon
© Éditions du Rouergue, France 2018
Current Chinese translation rights arranged through Divas
International, Paris 巴黎迪法国际版权代理

一生所爱
YISHENG SUOAI

出 品 人	聂雄前
责 任 编 辑	胡小跃　戚乐也
责 任 校 对	万妮霞
责 任 技 编	梁立新
封 面 设 计	知行格致

出版发行	海天出版社
地　　址	深圳市彩田南路海天综合大厦（518033）
网　　址	www.htph.com.cn
订购电话	0755-83460239（邮购）　83460397（批发）
设计制作	深圳市龙瀚文化传播有限公司 0755-33133493
印　　刷	深圳市天鸿印刷有限公司
开　　本	889mm×1194mm　1/32
印　　张	9.25
字　　数	135千
版　　次	2019年6月第1版
印　　次	2019年6月第1次
定　　价	42.00元

献给A.，

　　再次感谢他使我在我们的孩子出生后的
几个月里得以完成此书。

只有在今日

我才感到自己看到了真正的你

泰德·休斯[1]

---

[1] 泰德·休斯(1930—1998),英国诗人。

目 录

伦敦

二十五岁时，我写过一本研究汉斯·克里斯琴·安徒生的薄薄的小册子。我那时年少气盛，自以为以令人信服的方式，诠释了这位丹麦作家个人生活与作品之间的紧密关联，然而我错了。多年以后，当我真正去读它的时候，我的意思是，像读别人写的一本书一样——对我来说它最终确实变成了无异于别人的作品，我被自己读到的东西震惊了。我记忆里那些中肯的分析，原来只是长篇累牍的、对孤独近乎抒情式的辩护。我仿佛听到一个年轻女人苦闷喑哑的声音，这声音来自当年的我，那个躲在书本后面的内向女孩，她又胆怯又骄傲，拼命把某种秩序强加给世界。在书里我谈到了安徒生贫困的青年时期，他在家乡无法解释的坏名声，他的童话里仿佛净化过的语言，他的剪纸天赋，我没有意识到自己在叙述一场抵抗，一种始终要忍受众叛亲离、只能在虚构的故事中得到赞美的人生。不过书里还不惜笔墨地（一百页的小册子有四十页讲这件事）讲了一件我自己彻底遗忘了的事：狄更斯与安徒生的决裂。两位作家相识于1847年6月，安徒生来到了伦敦，想制止自己的盗版书在英国出版。当时他在国外刚刚小有名气，在伦敦某人的客厅里初识狄更斯，似乎瞬间坠入了情网。这场柏拉图式的爱情照样有着排山倒海的力量，安徒生给对方写了一封封充满了孩子气的表白信件。然而查尔斯·狄更斯与他性格迥异，这位英国小说家给安徒生回了信，机械地、客套地邀请他来家里做客，却没有想到安徒生会信以为真。就这样，1857年3月，安徒生兴高采烈地出现在位于肯特郡的狄更斯家宅。他在此逗留了五个星期，时间长到足以遭到狄更斯全家上下，包括孩子们的一致厌恶。安徒生离开之后，就再也没有收到这位朋友的任何消息。破碎的友谊，得不到回应的爱情，这就是我第一本书的真正主题。书写于1963年，那时我们在阿姆斯特丹的某座房子里已经共同生活了七年，并且还将继续在那里居住十多年，直到第一次分开。后来我们重逢，一起在另外一处房子里生活了十四年，最终痛苦地决裂。刚才我出门的时候，并没有想到会在樱草山的街道上遇见你。你像是被魔法送到了我面前，手里拿着一个揉皱的褐色纸袋子。过了一会儿，你告诉我，里面有两个肉桂面包卷。你显然想问问我过得怎么样，想告诉我你的状况，然而，我日日牵挂不在身边的你，已经二十三年了，所以这次该讲话的不是你，弗兰克，这次让我来讲，我一个人，我要把一切都告诉你，就在此地，此时此刻，让我们就站在街上，我要从头开始把我们的故事讲给你听，因为我自己也需要听。弗兰克，失而复得的弗兰克，我看不够的弗兰克，让我开始吧！

尽管怎么也想不到会在伦敦遇见你，但当我在阿德莱德路看到迎面走来的你，我还是一眼认了出来。我叫住了你，拥吻了你，但当我仔细端详你，却仍然有点不能相信，自己怎么会透过这张不动声色的老年人的脸，一眼就把你认出。你对我说话，对我露出你那不可思议的微笑。我不由得心里计算着，你到秋天该满八十岁了。这简直让人无法相信。几秒钟之后，我的眼睛就熟悉了你的新面孔，像一匹熟悉了各种路障的赛马，我透过你的皱纹和白发看到了你，未曾改变的你，让我痛心的你，弗兰克·爱泼道尔。二十三年以来，我无时不在盼望，在死去之前再见你一面，谁知道我们竟然居住在相隔不远的街区。在四月微凉的清晨里，你就这样站在我面前，穿着宽大的羊毛外套，像个上校，你的皮肤是古铜色的，耳朵上还能看到以前打耳洞留下的痕迹。你说着话，我能看见你的牙齿，右侧那颗在一次事故中磕坏的犬齿显然修补过了，那是哪一年呢？那年我没跟你在一起。是的，你说过，海伦，我跟你在一起从来不会出事，我跟你在一起就安全，你老爱这样说，好像有点后悔的样子。我最大的优点就是谨慎，可你对此嗤之以鼻。但就是因为这个原因，你父亲才同意把你托付给我，记得吗，虽然你比我还大几个月？我们决定一起去阿姆斯特丹的时候，是我一个人说服了我们的父母，因为我在他们眼里是有威信的。我未能永远保证你的安全，但我发誓自己尽力了。这真的是你，弗兰克，你没有变，八十岁的你，仍然是那个我记忆里的小伙子，然而见到你感觉又回到了故乡的城市，却满心遗憾地发现，原先最喜欢的建筑被推倒了，原地建起了星巴克咖啡馆。弗兰克，你变成了一个老头子。有我在，你就不会出事。我越谨慎，你越鄙视我的谨慎，我们之间总是这样。如果没有我陪伴你大半生，你也许早已不在人世，这就是事实。没有一个男人在他最好的女友眼里是英雄，弗兰克。

　　人们曾经对我说，衰老会夺去记忆，这不是真的。正如我十七岁那年，人们对我说，总有一天我会明白，真正的生活在书本之外，这也不是真的。我从不怀疑，自己在死之前会揭穿成人世界的一切谎言。今天跟以前一样，我集中注意力的能力仍然略高于平均水平。由于成年之前始终活在戒备之中——孩提时为避免被兄弟们杀死，少年时代为躲过他们共同对我实施强奸的计划，我养成了习惯，随时警惕周围发生的一切。我的父亲跟你的父亲一样是外交官，我很早就学会了辨别大人的言外之意，后来自己也变成成年人，或者说，变成世人眼中的成年人之后，也从未放松过这种警觉。作为在使馆长大的孩子，在我的世界里，第一要务是懂得规则，遵守规则，在对方都没有意识到之前明白他的意图。也许你想知道我怎么会在伦敦，那我告诉你，我在伦敦生活已经八年了。你看，我最终回到了父亲的祖国，变成了我曾以为自己永远都不会真正成为的人：英国人。在七十二岁高龄搬迁是件不寻常的事，但孤身生活至少使我免遭他人的困扰。除了几个自己也老得没法保护我的人，没有人替我担心。最后我只得找了搬家公司，他们什么也没问，干脆利索地把我的家具运到目的地完事。我在大英图书馆附近租了一套两居公寓，终日在阅读中打发时光，正如我此生一直所做的那样。有时我不免对自己生活的地点感到惊奇，我望向窗外，不得其解地想：伦敦？为什么是伦敦呢？然后我记起来，在诺曼底的事情发生之后，我先是独自回到了阿姆斯特丹。我肯定失去了思考能力，这是今天能想到的唯一解释。我只是去了一个我有栖身之所的城市，然而那座我们在里面度过漫长岁月的房子，对我来说其实是最糟糕的避难所。无法解释的是，我在那里一住多年，直到市政府决定在公寓的外墙上挂刻着你名字的纪念铭牌，我以最快的速度收拾好行装，强忍住眼泪，然而我内心的某一部分却感到极其骄傲——何必再掩饰这一点呢？你去过那里吗，看到牌子了吗？那是一块厚实的方方正正的粉色铜牌，"画家弗兰克·爱泼道尔在这座楼里开始他的艺术生涯"①。这些字眼的含义，与它们没有说出来的意义，同样让我心绪难平。

---

① 原文为荷兰语。

　　世上还有两个人像你我这样彼此截然不同吗？你什么都不在意，而我敬畏一切；快乐是你的天赋，正如勤奋是我的本能；你开朗阳光，漫不经心，一切只凭兴趣，而我却能终日埋首书本，在一行行蝇头小字间疲倦双眼，并且总能给别人超出预期的满意结果，我对自己这种天赋感到无比自豪。我有动物一般的警觉和专注，能捕捉到别人注意不到的声音和气味，我的极度敏感使我变得善解人意，同时又会像暴君一样刚愎自用，因为我洞察一切，所以想指挥一切。多年后的一天，我丈夫带着戏谑的态度问我，因为那时他还觉得我有趣，他说，海伦，你有一个船长的灵魂啊，怎么会进了出版这行呢？答案很简单，一直很简单，因为一个出生在19世纪30年代末的大使的女儿不可能当船长。我想我丈夫其实是明白这个道理的，只不过他像那个时代大多数男人一样，对他交往的女人的生活，包括他妻子，并没有什么确切的了解。你也是这样，弗兰克，你也是那个时代的男人。我想你其实是个好人——在内心深处，也许你比我更好，只不过你眼里只有自己感兴趣的事物，其他的一切你都自动屏蔽了。也许这就是为什么，我在我小小的领域里成了专家，你却是个艺术家。这正像你画的那些画，颜料一层层地涂上去，形象渐渐浮现，直到最后某一刻完全清晰地呈现在眼前。在我们身上发生的事情，也是这样经过多年慢慢成形，但我想，从一开始，我们的天性中已经蕴藏了你我的结局，也注定了一个无辜者的死亡。

　　我出生的那一年，英国首相内维尔·张伯伦为了
防止第二次世界大战的爆发，来慕尼黑进行外交斡旋。
他会见了元首希特勒，并最终同意德国占领捷克斯洛伐
克。我父亲是英国代表团的成员。张伯伦当时六十九
岁，他的生命还剩两年。我父亲刚过四十岁，正是外交
官的理想年纪。他是一战结束时进入外交部的，整个二
战期间，他做的所有事情，我认为可以用一个词总结：
撒谎。我不知道1938年9月的那些天里，他在巴德戈德
斯贝格扮演了什么样的角色（那个时代是不能问父亲这
种事的。除了每天喝茶的时候，把糖罐子递给他，几乎
没有别的交流了）。我所知道的是，正由于他可疑的忠
诚度，战争爆发后他就因安全原因被派驻瑞士使馆，整
个战争期间他都待在顿斯特拉斯区当公使。在战后最初
的混乱年代，欧洲惊魂未定，他又被派到雅典，在特里
司特区的使馆任职。1950年，他终于得到了驻意大利大
使的职位，到罗马上任。三十三岁那年，他曾因生意上

的事去阿姆斯特丹旅行，也在我母亲哥哥的晚宴上遇到了她。那是1931年5月。两个月后他娶了她，然后在七年间生了弗雷德、马腾和我。我是他们最小的孩子。他是个坏父亲，却是个优秀的演说家，一个严厉、善辩的男人。每年的圣乔治节，聚集在沃隆斯基别墅的英国侨民们都会被他的讲话惹得眼泛泪花。你记得吗？我是这个男人唯一的女儿，却从来没学会讲话的艺术。我这一生在纸上写下过几十万个词句，然而把它们说出来，却始终是一件让我痛苦不堪的事。如果我能及时说出来那该多好，弗兰克；如果我说了哪怕一次，而不仅仅是在做，只知道做，一直在做，什么都做；如果我会使用那些我能游刃有余地写在纸上的词语，如果我能驯服它们，让它们发出我的声音，这一切都不会发生了，对吗，弗兰克？所以我现在必须说，弗兰克，而你必须听我说。

罗 马

我们的故事开始于沃隆斯基别墅，尼古莱·果戈理写《死魂灵》的地方，当时的大不列颠驻罗马使馆就设在那里。我父亲是大使，你父亲是参赞。在我的记忆里，有一张照片像圣烛一样闪闪发光，大家都在上面。我父亲，约翰·加布里埃尔·梅尔顿，手里端着一杯没喝过的马提尼酒，毫无笑容地盯着镜头。他旁边是我的母亲，头发亮亮的，因为光线太强微微皱着鼻子。你父亲奥拉乔兴高采烈地张开双臂，倚靠在一棵假棕榈树上，你母亲凯特坐在离他一米多的地方，梦幻的眼神投向前方。你哥哥阿德里安站在她背后，眼睛低垂，他对合影这种事不感兴趣。我的两个哥哥站在后面，他们在交谈，手因为在动而显得模糊。他们异乎寻常的英俊，可是我看到他们的时候，照片的这部分发出恶意的红光。我在略远处，手臂交叉，双膝并拢，直视前方。你呢，你紧挨着我，模仿我摆出同样的姿势，但你咧嘴大笑。那是夏天，在罗马，那是我们。今天的你是个著名画家，也许已时日无多，如果我最近在报纸上看到的消息是真的。我认识你的时候，你只有十二岁，跟我一样，当然也不会画画——实际上你二十八岁之前从未碰过画笔，事情并不是你如今的崇拜者们传说的那样。不过，我也许是活着的人里面唯一了解真相的人了。当我忽然意识到这一点，意识到我们出生并在其中长大的世界已不复存在，彻底消逝，我不由得打了个寒颤。我们的父母都已相继死去，阿德里安死了，我的哥哥们最终也死了——先是弗雷德，死于十五年前的一场狩猎，一两年之后，马腾也死了，被胰腺癌夺去了生命。愿他们被地狱之火烧灼——要慢慢地烧。现在只剩下你和我了，两个家庭最小的孩子，当年那些没完没了地合影过的人，只有我们还在人世。国庆节，元旦，女王诞辰，纪念日——在我的脑海中，我不厌其烦地一张张审视这些照片，像贪婪的秃鹫一样，在一堆模糊的面孔中找到我们俩，试图回想起那些遥远的时光。那时你我是英国驻罗马大使馆里最年轻的人，我们的父亲携手发号施令，而我们的母亲则以各自的方式消沉。她们互相厌恶的程度旗鼓相当，只有一杯足够浓烈的马提尼酒才会让她们暂时放下嫌隙，脑袋仿佛不堪油亮的发髻的重负，往后一仰，发出同样被扼住喉咙一般的笑声。她们举止高雅，无所事事，我曾经发誓永远也不做那样的女人。

一切始于1950年秋天。你们一家先于我们一周到达罗马，因此等我们安顿下来之后，你家安排了晚宴，好让两家人互相认识。我们的父亲在那之前已经见过多次，尽管他们会面的具体情形我们一无所知。根据已有的经验，我知道按照礼宾规矩，两个即将共同领导使馆的家庭，第一次会面是一个不可缺少的仪式。每当跟随雄心勃勃的父亲们来到一个新的城市，我们这些孩子也以某种方式履行着我们的职责。在安顿新家的那些天，我已经在别墅的走廊里瞥见过你，你一言不发，影子似的一闪而过，或者像勃朗特姐妹的悬疑小说里的人物一样，躲在某个窗子后面观察我。我决定无视你，像你无视我一样，我要把力气留给即将到来的大战：冗长的、不能避免的第一次晚宴。我们都知道，它很快就会举办。几天后，我们的搬家行李终于全部开箱了，于是某天晚上，我们全家，父母、两个哥哥和我，来到你们公寓厚重的大门前，按响了门铃。你母亲来开门的时候，我看见你们在她身后，阿德里安和你穿着衬衫和西裤，靠在壁炉上，全身透着不情愿。母亲们先互致一套繁琐的寒暄辞令，接着把我们一个个推向前去，有口无心地说着每个人的名字和年龄。从第一眼开始，她们就知道，在共同生活的日子里，彼此将会多么憎恨。阿德里安那年十九岁了，他跟父母来罗马只是为了继续学习拉丁文，很快他就将淡出我们的生活。我的哥哥们，一个十七岁，一个十八岁，他们从小就是两个愚蠢得令人发指的孩子，也将很快长成两个愚蠢得令人发指的男人。少年时代的他们像野兽一样暴力，是两个十足的蠢货。从见面的第一刻起，我就知道你也明白这一点。大人们七嘴八舌地说着话，走向旁边的客厅，我的哥哥们像猎犬一样东张西望，搜寻烟灰缸和烈酒，门厅里突然只剩下你和我两两相对。这时你冲着餐厅的方向耸起一边肩膀，对我说了那句话："你也讨厌你的家人吗？"

　　噢，弗兰克，我永远记得，这是我今生听到的第一句聪明话。

当你问了我那个无与伦比的问题："你也讨厌你的家人吗？"那一瞬间，我感到自己对你有一种从来没有对其他人产生过的亲近感。对家庭的憎恨大概就是那些年占据我心灵的感情，与我对书籍的热爱同样强烈。你还记得我们在罗马那些年，人们在使馆的各种招待会上说的话吗？我们蜷着身子躲在桌子底下，听着客人们大惊小怪地替我母亲抱怨，怎么会有我这样一个女儿。"真是太遗憾了，玛嘉那么光彩照人，她女儿连她的脚后跟都比不上。当然了，她也有她的魅力。"他们一直对我说我有魅力，但从来不说我漂亮。想起那些年在别墅里听到过那么多让人瞠目结舌的谎言，我越发感到难过，因为从来没有一个人为了让我心里好过一点对我撒个谎。《德伯家的苔丝》里有一个情节，苔丝和她的丈夫安吉尔住在德伯家祖屋里时，看见墙上挂着苔丝两位先人的画像，面目与苔丝惊人地相像，只不过是丑陋版。哈代用刻薄的笔触写道："苔丝的美丽面容毫无疑问可以从她们被夸大了的形体上看出来。"我想，母亲在看我的时候大概就是这种感觉吧！我的脸是她的平庸翻版。正如小说里描述的那样，丑陋的肖像嵌在墙体里，美丽的苔丝尽管觉得丢脸，也没办法把它们取下来。然而我也没有多丑，我只不过没有完成人们在我出生前就分派给我的任务——传承母亲的美貌，把她的风采发扬光大，令世人皆知她的艳名。我的名字，海伦，来自一个因为太有魅力而引发了西方文学史上记载的第一次战争的女人，这使我如同戴着一顶沉重的王冠。然而我的自尊心虽然不可避免地受到了伤害，我却没有把自己变得虚荣，去迎合抚养我的大人们的幻想。我很快接受了自己的命运，接受了自己丰满、结实、矮小的身体。十三岁那年长到一米五七后，我就再也没长高过。我的五官平淡无奇，毫无风情可言，眼珠灰绿，头发乌黑，长矛一样的小脸上嘴唇紧抿，鼻子很尖，头发剪到齐耳，这样可以不遮挡眼睛，而眼睛对我唯一的用处，就是阅读。我懂四种语言，不管什么书都读。母亲心里暗暗地怨我，大概觉得我在她肚子里的时候不够用心，让她的美丽与我擦肩而过了，就像我太笨拙，没有接住她扔过来的球一样。"可怜的玛嘉！"在离我一米的地方，客人们一遍遍感叹着，好像很开心。我跟你躲在桌子下面，扑在你肩膀上泪如雨下。那时我们不知道，多年以后，你将为我作画，补偿我受到的伤害。你将描绘我真实的样子，身边是我熟悉并擅长的书、笔。我神情严肃，衣着简单，在书房，在浴缸里，在床上，在出租车里，在公园的树荫下，在所有的地方。我如此平庸的身体将出现在你的大幅画作里。对于画里的我，我想没有人再有任何理由说三道四。我将以我的方式成为永恒，而没有人，再没有任何人还记得我母亲。

　　至于我父亲，他被所有他伤害过的人铭记在心，他们人数众多。这些人之中，在我们生活的小圈子里最有名的，是你父亲。他在与我父亲共事的六年中一直被我父亲虐待。最近我在前使馆办公室秘书写的回忆录里读到，梅尔顿与爱泼道尔的关系是大使馆人际关系有史以来最恶劣的之一（我得承认，我把这句话读了好几遍，才明白指的不是你我）。我们在罗马生活的那些年，我父亲用尽了他在漫长职业生涯中学到的一切方式侮辱你父亲，而你父亲则以他唯一不知道的方式侮辱他。我扯远了，让我们回到这第一次晚宴。餐桌周围就座的，有我们的父亲，他们不关心我们的母亲，不在意孩子的教育，注定要相互诋毁；我们的母亲，颓废、自私，对彼此的仇恨已经无法掩饰，那仇恨像客厅里的吊灯一样发出耀目的光芒，笼罩着餐桌；还有阿德里安，你那异常严肃的哥哥，他日后会娶你们父亲老家村里的一个姑娘，在三十岁左右当上牧师，后来升任教会高级督察，正直、勤恳

地在那个位子上工作了七年。1978年我趁去英国的机会
看望他，彼时他刚升职不久，他用苦笑回应了我的例行
道贺："我在父亲老家的村子里当牧师，弗兰克凭着他
的画走遍世界，海伦，你到底祝贺我什么呢？我是长
子，我恭敬顺从，像几乎所有的长子一样。我不知道人
还能那么做。你懂吗？我不知道可以说不。"他的声音里
有一种从来没有过的激情。两个月之后他死了，身边是妻
子和五个孩子。那天他送我到花园尽头的小门后，对我说
的最后一句话，仍在我耳中回响。"海伦，真相是不会伤
害我们的。"我眼前仿佛又看到那天晚上举行晚宴的豪华
的大厅。果戈里在这里待过，当时我怀着激动的心情想，
还有沃尔特·司各特、斯丹达尔，也在这里待过。我打
量身边每一处，却尽量不去看坐在对面的哥哥们的脸。
那时候，我还不知道用什么词表达他们对我做的事，后
来当我知道了那个词，我后悔不该知道。晚餐进行到后
面，甜点上来的时候，你微微侧身向我，低声问道：

"我们怎么办呢？怎么摆脱这一切？"

就这样，从第一个晚上，我就确认了一件事，弗兰
克，照看你将是我一生的使命。

　　开始一切都发生得很快。我记忆里关于最初几年的胶片仿佛重叠在了一起，我无法回忆起一些事情发生的先后顺序，那些话语、动作、彼此交换的礼物、亲密的举动、相互的感激、逐渐生长的默契，让我们一步步接近，并永远联系在一起。赖内·马利亚·里尔克①在他的《安魂曲》之一中写道："事件总是先于我们的意识发生，我们永远不可能赶上它的脚步，也永远不会了解它的真实面目。"1950年暑期过后，我开始跟你一起上玛丽蒙国际学校。每天早上，来接我们的司机把车停在门口，你总是略微迟到一会儿。你上车，跟坐在后排的我会合。我们开始交谈，无休无止地交谈。对父母的痛恨把我们联系在一起，他们口蜜腹剑，行为卑鄙。1953年春天，你父亲和我母亲成了情人。忍受了我父亲三年的攻击后，奥拉乔勾引了美貌惊人的大使夫人作为报复。

----

① 赖内·马利亚·里尔克（1875—1926），奥地利诗人。

噢，我母亲也并非无辜，我猜她从第一次晚宴之后就在盼着这个，她想报复父亲对她的冷漠，还想伤害你母亲。对我俩来说，这桩糟心事反倒只有好处，父母没有心思再监控我们的行踪。我们夜里出门，在沉睡的罗马城里游荡，用脚步丈量每一条街道，同时没完没了地聊天。一年后，这桩国际外交界隐瞒得最差的秘密终于尽人皆知，你母亲突然离开了你父亲，跑到潘波勒①附近的一座城堡中住了下来。城堡是她早就买下的，丈夫和孩子们对此一无所知。她的出走显然经过了精心筹备，一切进行得沉着冷静，悄无声息。那是一处豪华的宅邸，坐落在一个到处是马匹的园子里。她将在那里度过余生，陪伴她的是佣人们和她的动物。你永远都不会原谅她。而我，弗兰克，随着时光流逝，每一天我都对她理解得更多一些。

---

① 法国芒什省旅游城市。

那一年，就是凯特出走的那年，我十六岁。哥哥
们也在长大。我有时在走廊里撞见他们褪下裤子玩弄自
己的生殖器。他们向我投来火辣辣的目光，把黏糊糊的
手帕塞在我枕头下，我甚至在读的书页之间也发现这东
西。我感到厌恶，屈辱，不正常，我的小内裤也无法解
释地一条条失踪，母亲对这一切视而不见。我唯一试图
和她谈这件事，是我十岁那年，愤怒的我想让她注意这
个时时威胁我的巨大危险，她轻描淡写地一挥手，像她
每次挥手驱散自己吐出来的雪茄烟雾一样，仿佛这样就
驱散了我的恐惧。她的表情几乎称得上自豪，觉得儿子
们表现出了男人气概。她就像封建时代的城堡女主人，
为儿孙们有本事奸淫杀戮、掠夺乡里自鸣得意。为了让
她更得意，他们都去学希腊罗马式摔跤。我有时碰到从
摔跤课回来的他们，只见他们浑身油亮，一边目不转睛
地盯着我，一边动作淫荡地把保护绷带从手上解开。我
吓坏了，只能向你诉说。回忆罗马的岁月，我想起的首

先是那个矮小、焦虑、不被理解的女孩，要耗费巨大的精力才能保护自己不受哥哥们的侵害。她爱的只有书和你。弗兰克，那时我爱你甚于一切，你是我生命的意义所在。1954年的某个晚上，我待在你房间，固执地不肯离开。我并没说我们做吧，没说要我吧，但是你知道我为什么要留在那里，我记得你进入我时闪闪发光的脸。事后，我们并排躺在别墅的静夜里，你小声说：

"我们刚才是不是该铺上条毛巾或别的什么东西？"

"做什么用？"我问。

"有血呀，女孩们第一次会出血，不是吗？"

"是的。"我吹气似的回答，身子一动不动。

"你看。那床单上肯定有血了，咱们得想办法盖住。等一下，让我看看。"

你开了床上方的小灯，小心翼翼地把我身体周围的床单抚开，仔细检查。关于女孩你了解不多，但你懂得及时抽出，也知道她们第一次会流血。不管怎么说，那还是二十世纪五十年代。意大利仍然施行反避孕的法西斯法令。到标志着新时代开始的《甜蜜生活》上映的时候，我们离开罗马已经四年了。我们与费里尼的罗马失之交臂：维内托大街上的美国影星、超低胸上衣和吉祥泉①。我们的罗马只有庇护十二世，和他令人难以忍受的演讲，以及审查和贫穷——战后的罗马。

"没有血。"你最后说，一脸困惑。

我一动不动，屏住呼吸。你试图搞明白状况。

"你觉得是因为我做得不对吗？"

"不，你做得很好，弗兰克。"

"那么应该有血啊，不对吗？第一次……"

这时你一下子明白了，什么也没再说，看着我，我已经哭成泪人。

"海伦，海伦，海伦……"你拥我入怀，摇晃着，在我耳边喃喃低语，"海伦，海伦，海伦。"

这一夜，仿佛为了抹掉哥哥们对我做过的事，我们再一次做爱。在罗马漆黑的夜里，沉默地紧咬牙关，生怕惊醒别人。清晨，我们又做了一次，仿佛出了门的人徒劳地返回查看，确认锁是否上了两道。

---

① 指费里尼导演的《甜蜜生活》里的情节。

那一年发生了另外一件事。我整日琢磨怎么摆脱我的家庭，终于有一天，我想到了母亲在阿姆斯特丹的公寓。她少年时代，双亲相隔几个月先后死于疾病，她最年长的哥哥当时二十四岁，已经在家里的公司上班，因此立刻接手了家里的生意。对母亲来说，生活没有任何变化，她继续住在父母的房子里。父母不在了，她还有五个兄弟姐妹。长到二十一岁，她拿到分给她的遗产，就在王子街购置了这套三层公寓，在那里住了两年，直到1930年6月与我父亲结婚。我从来没有去过那里，只是听说过，知道它的存在。这就意味着，在一个遥远的地方有一处家族房产，并且哥哥们永远都不会想去那里居住，那么我就可以为了你把它要下来。第一次跟母亲谈我的计划时，她一脸怀疑地打量着我：

"你到底想去阿姆斯特丹做什么？"

"读书。"

"读什么？"

"文学。"

"荷兰文学吗？"她嘲弄地扬起一边眉毛。

"所有的文学，妈妈。"我回答，一边不可抑制地泛起一阵快意的寒颤。"离开家""去读书""安安静静地读书""永远不再回来"，这些词语仿佛在快活地敲打着我的太阳穴。

"那你为什么觉得在阿姆斯特丹能学到呢？"

"那儿有所大学，再说我可以看书。"

"Boeken！①"母亲用荷兰语说。她长出一口气，转过头，让美丽的侧影对着窗子。"书，书，总是书，海伦。我离开了阿姆斯特丹，为了你父亲离开我的祖国，我想看看世界，我带着你们，我的孩子们走遍了欧洲。可是现在呢，你，我的女儿，海伦，你想回阿姆斯特丹，就为了去看书。你住在罗马，阳光灿烂，你却想去天天下雨的荷兰。为什么？"

她一副百思不得其解的表情。我知道，要回答她的问题，最简单利落的答案是：如果我待在这儿，哥哥们

---

① 荷兰语，意为"书"。

会继续强奸我。然而这样回答是没有意义的，母亲不会
听，因此我说：

"我只不过是想，我可以去你原来的公寓住。"

"我的公寓？"

"对，跟弗兰克一起。"

她仿佛在思考我的请求，显然很吃惊，没想到她
平庸的小女儿会有这样的想法。我早就明白了一件事，
如果我当年没有不顾一切地抓住这个机会，尽管并不知
道等待着自己的是什么，如果1956年的秋天，我没有在
父母面前坚持要求去阿姆斯特丹，我不仅不会有后来的
人生，甚至根本不会有任何人生。荒谬的是，被忽视是
我最大的幸运。正因为我引不起父母的兴趣，才得到远
走高飞的机会，至于我去哪儿，他们并不在乎。这种漠
不关心，加上我们生活在外交官圈子，以及又有你充当
保护人，虽然出人意料，也足够让他们下定决心了。可
是你呢，我跟你提出的时候，以为你会权衡利弊再做决
定，因为我就会这么做，然而你只是要求我给你讲讲这
个我们将要去的城市。于是，在我们夜间漫步时，我一
遍遍地向你描述。雾气弥漫的阿姆斯特丹的街道，我从

来没有见过它们，只是在书里读到过，那里有静静的运河，有楼梯狭窄的高大房子，有鲜花市场。我还没想好你要去做什么，可至少给我们找好了一个地方，一个目的地。你唯一要做的，我们唯一要做的，就是通过毕业考试。

　　公布结果的那天，我们先是在通过考试的名单里找到了我的名字，接着寻找你的名字，却没有找到。你落榜了。可笑的是，你总在我面前坚持说，那是个好兆头，好像考试失利不是耻辱，反倒是幸运，是聪明和杰出的标志。不过你从未跟任何人讲起过这件事，而且也没打算把这桩逸事变成你艺术家传奇的一部分，尽管那肯定会增加你的魅力。因此我明白，考试的失败对你确实是个打击。事实上，这次失败是你即将面对的艰难十年的开端，你的低谷直到你开始绘画才算真正结束。如果说今天你的名字意味着成功，那在你成年的头十年里，经历的只是一连串的失败。发榜的那一天，我们并不知道这些。我们踱着步子走回沃隆斯基别墅，一路想着怎么向父母宣布成绩，怎么说服他们同意我们筹备了几个月的计划，让我们同赴阿姆斯特丹。我们两人都觉得让你复读是绝对不可能接受的，因为那意味着我们要分离，我将在哥哥们的淫威下生存，而你只能跟随你即将被调任的父亲，在米兰的领事馆里苦苦煎熬。你说自己气得发狂，狠狠地踢着树干，但我知道，你内心深处感到绝望，发过誓要保护我，可是你不能了。你觉得已经不可能说服你父母让你走了。

"他们永远都不会乐意的。"你悲伤地一遍遍说。

"对，他们是不会乐意的，可是他们会接受的，这不一样。"最后我对你说。

我满脑子都是即将到来的激烈辩论，而且跟你走在一起我觉得尴尬，我口袋里仿佛已经揣了那张毕业文凭，你却两手空空。我们俩都没料到这个结果。虽然我认真复习功课的时候，你躺在我旁边的沙发上假装看书，但我们好像觉得，既然两人做什么都齐心协力，那只要一个人用功，功课就都能过。在我们两人之中，我一直是认真、羞涩、遵守秩序的那一个，虽然我的成绩在整个中学期间一直比你好，我始终怀着敬意地认为，你是那种随随便便就能学好的人，因为你从没有留过级。为什么这次你的方法不灵了呢？我不知道。可是在这个失败中，有件事情有点可怕，那就是我第一次看到了你的局限，而且我想你自己也看到了，你想逃走，想躲避别人的眼光，据说有些动物要死时也会这样。你被一个自己不太看得起的机构宣布失败，这伤了你的自尊。鄙视那些自己能轻松超越的事物是体面的，鄙视一个判定我们无能的机构就显得不够大气。我们就这样走着，阴沉而焦虑。在五月明媚的阳光下，我的不安在慢慢长大，直到长成一个有重量有形状的东西。我感到自己身上有一种陌生的决绝在生长，我从自己的惊愕和愤怒里汲取了力量，用来对付当天晚上我们的主要对手——你的父亲。我替你争取陪我去阿姆斯特丹的权利，仿佛是为了否认你的失败，抹掉它，恢复我们之间的平衡。从某种意义上说，我正是这样赢得了这场对我们是决定性的战斗，以子之矛攻子之盾，没有比这更好的制敌之术了。我是大使的女儿，你是第一参赞的儿子，我们成绩的高下之分，是在给两个父亲六年间的高低之争火上浇油，但这却帮了我们的忙。你没有拿到文凭，第一眼看上去是家庭的私事，然而在使馆的小圈子里这就不是私事了，尤其是对手的孩子居然榜上有名。我一开始跟奥拉乔交谈，就觉察到了这一点。在这件事上，他是我最好的同盟，因为他是唯一跟我有同样强烈愿望的人，我们都想忘掉这件事，而这对他来说是让别人忘掉你的失败。我告诉他我们的成绩时，他喃喃自语：

"这小白痴，婊子养的。"

这时他才想起我的存在。他点了一支雪茄，让自己恢复常态，然后挤出一个彬彬有礼的微笑，用他那张巧舌如簧的外交官的嘴问我：

"那你呢，海伦，你的成绩怎么样？"

"我很好。"我回答。

"很好？你通过了？"

"是的，我不是说了吗。我通过了。"

一看他的脸色，我就知道我赢了。我把子弹一颗颗压进弹夹，可子弹袋还没空呢，他就投降了。奥拉乔唯一想要的，就是摆脱窘境的办法，我恰好有个现成的主意：我父母早就答应我去阿姆斯特丹学文学，你可以跟我一起去，就住我们家的公寓。你注册一个函授学校，来年春天就可以重新考试，这样的安排再隐秘不过。我们会在一起，规规矩矩，用功学习。你刚刚结束中学的课程，不必再去上课，你需要的只是第二次机会。我坚信你会抓住这次新的机会，因为我或多或少会给你做个榜样，甚至可以帮你复习。奥拉乔从没有真正喜欢过我，不仅因为我是他最痛恨的人的女儿，也因为我们两人的天性水火不相容。我的理智令他不安，跟他那种任情绪左右、凭本能行事的风格相冲突。而且，我认为，他有些怕我会对他与我母亲的风流韵事有看法，他害怕我的眼神，可同时他又尊敬我，因为我从未对任何人说起过这件事。他以他的方式敬重我，因为我与他如此不同。我虽然有时讨厌他，却始终实事求是地认可他的品质。他不是个愚蠢的人，尽管在道德上极令人质疑，但不乏聪明和细腻。他狡猾、活泼，有时还显得很有风趣，知道自己要什么。他最终放手让我们走了。

　　于是，1956年的夏天，我们就在英国老家忙着走亲访友，你在贝德福德郡，我在多塞特郡。我们直到八月底才重逢，就在公寓的门前，两个人分别来自不同的方向，却莫名其妙地同时到达。我仍然记得，看见你拖着箱子出现在街道那头时的激动心情，而我走在那条街道上也才几分钟。我们目不转睛地注视着对方，一步步走近，直到面对面站在正确的门牌号前。一切宛如今日，我如饥似渴地端详着你，无法相信你出现在我面前。我有那么多的事情要向你诉说，我在往事的洪流中跌跌撞撞，被记忆的风吹得头往后仰。无边的记忆，无情的记忆，我无法打断记忆的洪流，也无法让它放慢脚步。那年的夏天，就是我们离开家的那个夏天，在离阿姆斯特丹数千公里的地方，大西洋的另一边，发生了另外一件事，你我都对此一无所知。在纽约州的一个村庄，一家美容院的招待员受到女顾客的邀请，陪她去情人在长岛的房子度周末。她们乘坐早班火车出发，情人开车来车站接了她们，带她们到自己家中。后来，三人乘坐情人的老旧汽车，出门去听音乐会。情人很生气，因为他不想去听音乐会，但他的女友坚持要去，他因此灌了自己很多酒，以示抗议。女友日后写了一本招人唾骂的书，书里描述，汽车在一条僻静的路上转弯时，失去控制，以一百一十多公里的时速冲入树林。情人与女接待员当场毙命。接待员叫艾迪·麦茨吉尔，1956年8月11日早上，她醒来时，不知道自己几个小时之后会死在由杰克逊·波洛克①驾驶的汽车里。很多年里，我都不知道这两件事发生在同一个夏季。然而自从我有一次看闲书看到之后，我几乎难以把二者区分开来。1956年的夏天，杰克逊·波洛克死于车祸。而我，海伦，我把你，弗兰克，带到阿姆斯特丹，在我母亲的房子里给了你一个房间。后来，你需要一间画室的时候，我又把最里面那个有彩画大玻璃窗的房间给了你。可你呢，你从来没有意识到这是我送给你的，关于财产或交换你脑子里从来就没有概念。对我来

---

① 杰克逊·波洛克（1912—1956），美国抽象表现主义绘画大师。波洛克的经历与弗兰克有相似之处，比如都是成年后学习绘画，都在生前成名，感情生活都比较混乱。

说，从我们十八岁的那个夏天，我把一套公寓的备份钥匙郑重其事地放到你并拢的双手掌心那一刻，你就对我欠了债。后来发生的所有事情，都只是让你的债务越来越沉重而已。

阿姆斯特丹

　　公寓位于阿姆斯特丹中心地带，占了一栋建成于十七世纪的建筑的最高三层。十七世纪通常被称为荷兰的黄金世纪，荷兰的历史学家约翰·赫伊津哈却认为，借用希腊神话中人类与神祇和自然和平相处的黄金时代的说法，未免名不副实。赫伊津哈在1941年写道："如果要给我们的繁荣时代取个名字，不如叫它木与钢的时代，或树脂与沥青的时代，色彩与颜料的时代，鲁莽与虔诚、智慧与想象的时代。"得益于城市化的发展，有利的政治局势及殖民开拓的积累，荷兰迎来了经济文化极度繁荣的时代。一个弹丸之国，如何会在十七世纪跻身于殖民强国之列？这是一个谜。另外，在当时的欧洲，荷兰也许是唯一看重财富甚于贵族头衔、把宗教信仰当作个人隐私的国家。有趣的是，在十七世纪的荷兰，有两个领域发生了天翻地覆的变革：印刷，它催生了现代的出版业，后来成为我的主业；绘画，成了你的职业。绘画在低地国家始终享有不容忽视的地位，根据1560年的一项调查，当时安特卫普城的画家比屠夫都多；后来的另一项调查又表明，每两个荷兰居民就拥有五幅绘画作品。十七世纪的荷兰绘画艺术以反传统著称，因为有钱的布尔乔亚们希望画家们描绘他们的日常生活、工作或居家的场景。客户的需求使画家们形成了专业化分工，风景画成了范·戈因和霍贝马的专属领地，斯提恩专攻乡村讽刺画，德·霍赫的风俗画无人可与之比肩，海达只画相同的早餐静物，德维特只画建筑，范德维尔德只画海洋风景。波特起初画动物，后来只画小牛犊，顿特科特画鸟，吴维尔曼画斑点马，范维耶林画海鲜，乌瑟姆画花卉。这些名字大多数今天已无人知晓，只有维米尔和伦勃朗这样题材多样的画家才被人膜拜，而他们生前都籍籍无名。画家数量的增加导致了一个名副其实的阶层的产生：无产者艺术家。很多画家都另有职业，如范瑞斯戴尔是医生，杨·斯提恩是旅店老板，范·戈因卖郁金香，霍贝马是个税务官。我们的房子就建成于那个绘画与文学大放异彩的年代，它高大、美丽，有着宽大的玻璃窗子，底层是一家花店，在随后的那些年里，你就是在那里买各种花束送给我，为你五花八门的错误道歉；二楼有厨房、客厅、餐厅，上面两层各有两个宽敞的房间。我占了三楼的一间当卧室，另一间改成了书房；最上面一层完全是你的领地。母亲与父亲结婚前，独自在这里住过短短几年。她离开得匆忙，把大部分个人物品都留在这里。我们就这样在她的房子里安顿下来，信箱上还用金色字母刻着她婚前的名字，玛嘉·赫勒。每次取信件时瞥见这个名字，想到那个抚养我长大却没有给我一点爱的女人，我就不由得噤若寒蝉。我离家之前人们告诉我，我父母就是在这所房子里做了结婚的决定。如今身处其中，我每天都好奇地端详着屋里的家具，想象着它们曾经见证这个糟糕的决定。我一开始就应该想到，母亲的公寓并非宜居之地，那是个受了诅咒的、辐射着厄运的地方。然而我没有这样想，而是选择视而不见。我们俩舒舒服服地在这里安顿下来，同居了近二十年。今天我回忆往事，不由得暗自思忖，这个地方散发的厄运也许早已以某种方式影响着我们。

　　根据我的记忆，你上了大约两个月的函授课。你并没有再去参加过会考，可这一点都不重要。在罗马的奥拉乔可以心安理得地告诉别人，你和我一起在荷兰继续学业，谁也不会再问关于他儿子的任何事情。一切按计划进行，我提供了最好的托辞，而且你确实也在学习，以你自己的方式。我这样说并不完全是撒谎，因为看见我总在用功，你也开始用功起来，最初也许只是为了打发时间。你还没学会荷兰语，你总得有点事情做，再说你对我仍然有些悻悻然。我每天都过得那么充实，你也不能让自己显得无所事事。在阿姆斯特丹的最初几个星期，每当我打算去学习的时候，你总千方百计地让我分心，拿各种有趣的活动诱惑我，想把我从书桌旁拖走，可我总能英勇地抵制住诱惑。后来你又想出了另外一招，每天早上十点半，你起床的时候，我已经在客厅里守着一摞书埋头苦读，你就叹一口气，微笑着说："可怜的姑娘！"然后转身躺到恰好在我视线之内的长沙发上，端着一杯咖啡，一本杂志，哈欠连天。但我没有屈服，这你肯定记得。我想办法让你来到了这里，你毫发无损，自由自在，弗兰克，你因为懒于学业差点让我们投奔自由的计划成为泡影，我一点都没有责怪过你。我为你辩护，我还可以为你去死，可我绝不允许你阻止我学习，这是我多年的梦想，我孜孜以求的事情，也是我的天赋所在。终于逃离家庭，仿佛在我体内注入了无穷的能量，我怀着巨大的喜悦投入学习，整日泡图书馆，夜里也手不释卷。卧室旁边房间里那张胡桃木的书桌，是一方无拘无束、纯净而安宁的小天地。在那里，我把自己细小而热情洋溢的字体铺满了一页页纸。"什么是书？"我写道，"什么是作品？""杰作为什么是杰作？"我的问题无穷无尽。我阅读那些用我掌握的语言写得极其晦涩难懂的书，做了大量笔记，尝试着组织自己的思想。有时我下楼到厨房给自己倒一杯红酒，简单地做几片黄油吐司，免得耽搁太多时间。这时我会看见你也在那里，埋头在自己的小纸片上忙着。

　　你决定要做一个天才。我由衷地感到好奇，完全想不到日后等着我们的是什么结局。我问你要做什么样的天才？你乐呵呵地回答说："我不知道啊，就是绝对的天才吧！"这样的想法，绝对是你的风格。一向严肃的我其实是想知道，你想成为哪个领域的天才，可是这对你来说一点都不重要。你在纸上泛泛地写下些计划，写完了又改，你写下一行行数字、计算、统计，比较不同的方法。每天你都找张纸条写下一句话，把它别在你书桌对面的墙上，第二天早上又把它画掉，换上另外一句。你带着一副狂热的表情削铅笔，给自己列了一堆书单，然后把它们统统撕掉重新来过。你不想让别人对你说三道四，可你被自己的野心搞得束手无策，变得敏感脆弱，阴晴不定，闷闷不乐，来自外界的一点点批评都能让你狂怒，因为你自己心里其实很清楚，你是在白费功夫。你没有给自己留退路，你仅仅是决定要成为天才。你一本一本地翻着书、找信息、查资料，想变成一个有文化、有才智的人，可是无论怎么努力，你脑子里还是什么都记不住，你仿佛在用普通的剪刀修剪一块太硬、太密实的材料——一块大理石，简直累得精疲力竭。你对日常生活也似懂非懂，你真正的天赋在于享乐，而任何实际生活都能让你手足无措，仿佛从来没有人给你解释过这个世界幕后的运作方式，没有人告诉过你正常秩序需要维护。你生来是个男人，在大使馆长大；你母亲呢，住在她潘波勒的城堡里，有佣人、厨娘和园丁。那些年，我们在阿姆斯特丹开始独立生活的时候，一点点小事就能让你怒不可遏。你笨手笨脚地洗碗、扫地、择菜，速度慢得令人发指。你对家务全不在行，却能每天早上唱着歌沿着冰冻的运河跑两个小时。真实的生活令你沮丧，满二十岁的那天，你一整天哭哭啼啼，因为你已经太老了，来不及做神童了，而其实你还那么年轻。那一年，我们都那么年轻。那是1958年。到了秋天，因为对纳粹屠杀犹太人保持沉默而臭名昭著的教皇庇护十二世在冈多菲堡去世，你说，你不想再用功了。可是弗兰克，你从来就没用功过啊！你父母继续供给你日常用度，我觉得某种程度上，这也是为什么你直到二十八岁才开始真正工作的原因。几个月后，在我第一篇随笔的封面上，我写道："父母的支持，成就不了艺术家。艺术是挑战一切，是要付出代价才能得到的奢侈品，而不是别人赠送的消遣。"

　　你原地打转的时候，我埋头学习。当然，学习从来就是我唯一会做的事情。当年我以为这只是我生命中的一段时光而已，我只是想趁年轻、有能力的时候拼命学习。在五十年代末，我的行为简直像进行革命一样惊世骇俗。大多数女孩都想着把自己嫁出去，而我却只想学习，像疯子一般地学习。比任何人都学得更好，这是我最自豪的事情。多年后的今天，我得承认，我后来再也没有像那几年那样狂热地学习过。也许除了我们在诺曼底一起生活的那十年，我略微放下了文学，学习了一些实际生活技能，如做面包、种四季豆，或冷静地策划一起谋杀。但我们分开后，我重新投入了文字工作，比以前更加沉溺其中。阶梯教室角落里沉默的女孩，图书馆书架间弓着背找书的身影，用蓝色圆珠笔写下长长的笔记的小手，一篇篇评论文章，一部部著述，一行行页末注释：这就是我在这个世界上的位置。我写的那些书，摆在书桌上方的架子上，四十年来我走到哪里都带着它们。尽管逻辑缜密严谨，它们讲的却都是我对世界的疑惑与烦恼。我所有的著述，都写得严肃认真。下笔之前，我通常连续数月，甚至数年进行大量阅读，连床上都是堆成小山一样的书。我嘴里咬着铅笔，把横格笔记本的每一页都填满。然后，我把自己关在书房里，一气呵成，几乎一字不改地写下一百或两百页内容扎实的文字。为什么我要做这种事呢？如今，进入了人生最后的岁月，我第一次认真地问自己这个问题。然而我记忆里留下的，只有那些日子里强烈的喜悦之情，那些独自闭门不出、夜以继日埋头写作的日子，看到书稿越来越厚的兴奋，最后一个清晨，沉甸甸的手稿，工作完成的欢畅。审稿，一杯滚烫的咖啡放在手边，然后是刚印好的封面，丝绸一般光滑的手感。这就是我的一生，纸张而已。

　　到阿姆斯特丹不久，我在大学里认识了一个男人。埃里克是经济系的学生，每周在大学图书馆借阅处工作几个小时。我后来才明白，他误以为我对图书馆的热情是为了他，确信我每次向他展示借书证时傻呵呵的微笑是一种勾引。他向我发出约会的邀请，而我虽然并非真心有意于他，却也没有什么不接受的理由，我们的故事就这样开始了。事隔多年，我终于看清了他在你我的决裂中扮演的角色，其实也谈不上决裂，但你我由此停止了身体上的亲密关系。在罗马时，我们与周围太格格不入了，我们之间从没有真正产生过什么问题。但我与埃里克的交往，很快就给你我长久以来的共同生活带来了意外却必要的障碍。我甚至都没有尝试给他解释我以前的生活经历，只告诉他，我是英国驻罗马大使的女儿，其他的由他自己去领会。我也没告诉他你我的真实关系，何况我自己也不清楚，直到今日也不清楚我俩的真实关系。我决定忘掉过去。然而，每次他来过夜我都无法安睡，他翻来覆去，还打鼾。我们没有一点亲密感，交往了一年之后彼此仍然陌生，难以互通心意，两人都没有一点改变，没有向对方走近一步。我还是那个对着满架子书微笑的女孩，他还是那个误以为这微笑是为了他的男孩。最后我终于摆脱了自己编织的谎言，一身轻松地回归我真正喜爱的生活，那就是与你共同生活。我至今还记得，在第九街的咖啡馆与埃里克分手后，我捧着一只小小的纸箱，在蒙蒙细雨中步行回家，纸箱里是埃里克还给我的个人物品。进了家，屋门在我身后关上的那一刻，我是何等自在。我靠在木门上待了一会儿，稍作喘息，没想到你端着一杯酒出现在我面前。在我跟埃里克交往的整个过程中，你什么都没说，只是偶然遇到他时打个招呼，在我提到他时点个头而已。可是那一天，你看到我，我向你宣布分手的消息时，你带着几乎让人觉察不到的微笑，只说了这么一句：

"当然，海伦，因为爱情不是这样的。"

　　1959年冬天，我们已经共同生活三年，还要在阿姆斯特丹的公寓里同居十六年。夜里，从你的房间有时传出一些声音，我无法判断你是在哭泣还是在做爱。你还年轻，满腔热情，绝望地寻找着自己的道路。你终于决定，从柜子里把那台自从到了之后就被你束之高阁的古董打字机搬出来。你把它放在自己房间里的书桌上，向我宣布，你从此要开始写小说了。你把房门反锁，当我来敲门叫你去买东西或晾衣服的时候，你在门板的另一边对我喊着：

　　"我没法帮你，抱歉，不行，海伦，我在写书呢！"

　　真是个噩梦。那时我正想写本书，记录托马斯·哈代①的作品带给我的震撼，可我写不出来。你明明知道这一点，可你太自负了，意识不到你这样做会对我造成挑衅与伤害，我哑口无言，可还是忍受了这种侮辱。连着

————————

① 托马斯·哈代（1840—1928），英国作家，著有《无名的裘德》《德伯家的苔丝》等。

几个礼拜，我独自料理家务，在积雪的街道上拖着沉重的购物袋——因为你的胃口跟往常一样好。我一个人擦洗浴缸、打扫楼梯、洗床单、洗碗、采购茶叶、为朋友们烹饪晚餐。我怀着同病相怜的心情想着托尔斯泰夫人、弗洛伊德夫人、马克思夫人以及其他夫人。我要疯了，我无法写作，不再有一秒钟属于自己，在我自己的家里大气不敢出。你把自己关在房间里，像一头熊，我生怕把你从长长的冬眠中惊醒。你解释说，打算每天早上九点到晚上八点都用来写作，你计算了经典作品的平均字数，你自己每分钟能在打字机上打出的平均字数，然后得出你写一本书需要的时间。我厌恶这个想法，厌恶你的书，怨恨你，因为你使我厌恶书。愤怒使我变得十分残忍，所以你停下工作跟我共进午餐的时候，我装出一副轻松的表情，问你进展怎么样，你进行这样大的计划是否感到胆怯，有没有空白纸张综合征，你早上在书桌旁坐下的时候心里到底在想什么？你到底想从中得到什么呢，你不想当作家。想当？你不想去做自己力不从心的事情？

　　你一言不发，时而微微发抖。当然，十二月的天气，再说你也没说什么。你从来没有这样拒绝与我交流。你仿佛从我指间滑过，我抓不住你。我用漫不经心的口气问你，能否看看你写的东西，你说不行。

　　"没问题，那我就等你写完。"我说。

　　"不，永远不行，海伦，你永远都不能看我的书。你太苛刻了，我不想知道你的看法。"你慢慢地回答，眼睛并没有看我。

　　我嘲笑你，说，写书的人要学会的第一件事，就是容忍批评，接受甚至超越批评。一个人躲在角落里写些不知所云的东西，就是为了自己留着，当杰作一样抚摸，还不让任何人看，也不听任何人的看法，这是很可笑的事。

　　"这一点都不可笑。你对文学有你的理解，我有我的，就这么简单。写作不归你垄断，没这回事。你就是嫉妒我写书。既然你这么擅长这个，怎么不写啊？"你反驳道。

要读到这本你声称在我身旁写的书成了我的执念。你去洗澡的时候我窥探你，想趁机溜进你的房间，可你每次都锁门。整整一个月你没有出门，每天都关在房间里，午餐时间准确到秒。终于有一天，下午三点，你出门了，没说去哪里。我从窗户看见你转过街角，于是我立刻试着开你房间的门。让我大吃一惊的是，你破天荒地没有锁门。我进了房间，看见整整齐齐的床，铺着你带图案的鸭绒压脚被；看见墙上的招贴画，小小的书架，书桌上的那台打字机擦得发亮，透着威胁，那是我日思夜想的物件。我走近它，卷轴上有一张纸，我低下头，想看看上面写了什么，发现在那页纸的下方，打出来的最后一个字是我的名字。我转动纸张，以便看到全文。弗兰克，你还记得你写的什么吗？

我认识你的时候

还从来没有

爱过任何人。

你也没有。

你现在仍然不爱。

你所有的爱

像在阳光下融化的雪

都融化在工作里

所以我也试着工作

试着了解你，海伦。

据我所知，这是你写过的唯一的诗。那天，我把
那页纸从打字机上取下来，因为它那么明确地是为我而
写，这样一个仿佛特意设计的场景，好像专门为了教导
我，让我看清自己是谁。我们从来没有说起过这件事。
我拿走了诗，在你回家之前离开了你的房间。从第二天
起，你就不再把自己关在屋里，也不再提写书的事。
我永远都不知道，你把自己关在房间里的那四个礼拜都
做了些什么，而我让你为此付出了昂贵的代价。这首诗
是你唯一的诗作。今天，我站在你面前，在伦敦的街道
上，我又想起了它，因为你中指上的一块墨痕，突然让
我记起你从前的作家梦。那张写着诗的纸，现在就在离
我们几个街区距离的地方——它被折起来，躺在我柜
子深处的一个哈特曼牌保险箱里，保险箱里除此并无他
物。想到这里，我浑身发抖。

绘 画

　　我曾经有个同班同学，叫查理，已经连续几个月没来上课了，但我们还经常见到他，一来他跟我们住同一个街区，二来他在试图勾引我。有一天，我们收到他的邀请，在傍晚时分去他的住处喝一杯。我们进门的时候，看到地上到处铺着大张的报纸。查理站在梯子上，手里拿着一把刷子，嘴里咬着另一把，正在重新粉刷一堵墙。见我们到了，他从梯子上下来，给我们准备喝的。我们手里端着茶，站在他工地一般的厨房里聊了很长时间。

　　"查理，这是什么味道？"过了一会儿，你问道。

　　"颜料。"查理耸耸肩。

　　"颜料。"你重复道。

　　我是不是把这个瞬间看得太重要了呢？不知道。可我始终认为，对你来说，这是个决定性的事件。我还记得你脸上的表情，那种突然被吸引，变得轻松、开朗的样子。我记得你没有立刻就分辨出新鲜颜料特有的味道，查理挺吃惊，但在某种意义上来说他确实误会了。你真没有猜出那气味是什么，但你毫无疑问地认出了一种与你有神秘联系的东西，你敏锐地感觉到了这一点。我们沿着运河走路回家，你闭口不提这件事，一个字也没有说，但它一定在你的脑海中萦绕不散，味道钻进了你的鼻子，一个想法也钻进了你的脑子。在接下来的几个星期，甚至几个月里，一种崭新的微笑开始在你脸上绽放，一种仿佛在角落里的微笑，强烈，而又安详。我时常想问你这笑容的含义，但仿佛有种东西阻止我开口，仿佛这件事太过私密，让我不敢开口打听。晚上睡觉的时候，我吃惊地发现自己又浪费了一天的时间：没问你。可是我不知从何谈起，不知道怎么表达我的疑问——"你这种微笑是什么意思？"到了早上，我再次忘了问你，一天又一天，日子就这样过去。说实在话，那个时期我自己也非常忙碌，除了要进行各种翻译工作，我还参与一本研究著作的撰写，负责阐述著作权的出现，时间以疯狂的速度流逝。看到你在这么多年的痛苦彷徨后，终于表现出忙碌而平静的迹象，我可能真的放心了。你不再待在家里像困兽一样团团转，而是整天都在外面。我醒来之前你就已经出门，很晚才回来，两眼放光，脸上挂着神秘的微笑。

你那段时间在忙什么，我只能靠后来的事情猜测或推理。我想你是在研究颜料①，但并不一定知道究竟在找什么，但确信你要找的东西就在画里。六十年代的阿姆斯特丹是做这件事的好地方，我想你肯定去了国立博物馆、市立博物馆、伦勃朗博物馆，你跟周围的人谈论绘画，一开始跟查理谈，查理一头雾水，你只好去别处寻找你那些无休无止的问题的答案。在古董店、艺术用品商店，在大街上、在咖啡馆里，你向遇到的任何人打听绘画的事情，你凭一条条线索，顺藤摸瓜一直摸到了荷兰皇家艺术学院，后来又一步步找到了应用艺术学院，在那里结识了提奥·索托-萨利纳斯和奥西普·甘格，1966年，他们都是大学生。与传说不符的是，你本人从来没有在这些机构学习过，但你逛遍了周围的酒吧和小画廊，你就是这样认识了索托和奥西普，以及很多没有

----

① 法语中"绘画"和"颜料"是一个词。

在绘画史上留下名字的人。然而正是靠了他们，你才得以学习绘画，虽然是以缺席的方式，或者更确切地说，以"抗传"①的方式，因为这个源自拉丁文的词还意味着精神独立，顽强，坚韧以及高傲。多年以后，当你功成名就，你将带着你固有的自负宣称，你是你们三人之中唯一从未上过任何美术学校的。也许是因为我性情温和才会这样想，总之我从来不认为，奥西普和索托上过什么美术学校，他们只不过是在某个地方学习过绘画。况且他们比我们年轻，你遇到他们时，他们在任何方面都比你优秀。每天晚上，他们对着一杯啤酒，把自己白天学到的东西讲给你听，就这样在不知不觉中教会了你绘画。他们向你展示作画的工具，介绍你认识他们的朋友，给你打开了他们的世界的大门。他们就这样培训了你。后来你对他们的忘恩负义，我始终觉得是个错误，是不懂人情世故的表现。然而，你肯定直到今天还会回答我说，人情世故算什么，有创作天赋就够了。

可你从他们那里得到的太多了。我记得你第一次

---

① 法律词汇，意为刑事被告拒绝出庭。弗兰克性格非常自负，不肯承认自己是从别人那里学会了绘画。

带他们回来的那个晚上，那两个活泼聪慧的年轻人，手上满是被刻刀和砂纸磨出的茧子，肚子饿得咕咕叫。后来你把他们和自己做比较的时候，有一件事你从未提起过，那就是他们的贫穷。你从没有说过，父母在为他们付了注册费，付了勉强能住的住处的房租后，每个月只能再掏几个克朗给他们，应付日常用度。我记得他们瘦削的面颊，饥饿写在年轻的脸上。我都记得，弗兰克，我什么都没忘。尽管你确实是个天才，后来的事情也充分证明了这一点，但绘画并不是你与生俱来的本领。你下了很多功夫，只不过你是在暗处下功夫，而且我怀疑你销毁了你最初的全部习作，以掩盖你失败的尝试，为了给人一种印象：你一开始就是令人难以置信的高手。我常常揣测，一开始你在奥西普和索托面前大概有一种年龄上的自卑感，因为他们涉足绘画在你之前。正因为这个原因，你小心翼翼地抹去了你早年的痕迹，既然你不能宣称绘画是你的天赋，只好在大器晚成上做文章，这是你唯一可以炫耀的。展示自己儿童时代笨拙有趣的画作，无疑能给自己增添某种魅力，然而给世人看见二十八岁时出产的拙劣画作，却是个既不高明又不睿智

的举动。你一向不是个有远见的人，可我得承认，在你
投身绘画这个你的第一项，也是最后一项事业的时候，
你表现得很有章法，不愧是一个外交官的儿子。你以最
隐秘的方式进行一切，在我不知情的情况下，把材料和
工具运进公寓，窥伺你最好的朋友，对他们守口如瓶。
我敢肯定，在最初的几个月，索托和奥西普以及你通过
他们认识的所有人，对你的计划都一无所知。在他们眼
里，你只是个岁数比他们稍大一点的年轻人，终日无所
事事，有大把的时间陪他们去出席画展揭幕式，给他们
打下手。而那段时间，你其实始终在孜孜不倦地学习一
切东西：术语，材料，陶瓷，材料的混合，历史，神话
传说。你用父亲给的钱请他们喝酒，自己却在畅饮他们
提供的知识甘泉。在这件事情里，你才是有需求的那一
方。他们没有领会你的意图，我也没有。我丝毫没有觉
察到你在学画，对你最初的习作和失败的尝试，我没有
发现任何蛛丝马迹。我说过，当时我忙着写书，你一定
发现了一些固定的时段，可以避开我的耳目习画，因此
我在整整几个月里对你的活动毫无觉察。我以为你经常
出门，以为你回家很晚，肯定是交了新的朋友，去跟他

们聊天了。我们共同生活已经十年，我不会去盯你的梢，你有你的生活，我有我的。我已经徒劳无功地给你当了很久的大姐，我厌倦了，我有更重要的事情要做。七年前，当你把自己关在房里，远离我的目光写小说的时候，我感到那种局面无法忍受。不过，你最后写的那首诗似乎部分地治愈了我的坏倾向，使我成长了。如今我的生活丰富而充满激情，这是我自己打造的生活，我为之自豪，我也学会了为别人感到欣慰。从前我常常觉得，我似乎把你甩在了后面，抛弃在半道上，如今看到你投入地做一件事，我终于摆脱了这种负疚感。高效工作带来的幸福感使我变得宽宏大量。我时不时地在客厅里碰到奥西普、索托以及其他人，我看到楼道里你的房门前一天天堆满了书、报纸和练习本，可我毫不在意，没有意识到这意味着什么。我只是单纯地为你高兴，你看上去终于找到了一件事情做，管它是什么事呢！有时我隔着门听见你们高声说话，你们在听音乐、抽烟，我看到有人拎着沉重的袋子走进公寓，然后又连续几天无人来访。我有些担心，不过你总会再次出现，然后再次把自己关在房间里。一切安好。关于你的新生活，你对我绝口不提。但是，有一些晚上，我们恰巧同时微醺地回到家，于是在楼梯上拥吻着，爬回我们的小窝，在我母亲公寓洁白的地板上做爱。有时我们回家更晚，在晨光微熙的时分，货轮到港，全城弥漫着掺了蜂蜜的热牛奶的香气。很久之后我才知道，这味道来自货船装载的大宗大豆。你记得吗？那种甜腻的气味让我们兴奋，年轻的我们雀跃地推开公寓大门，把床垫扔在客厅里，手拉手躺在上面，半梦半醒，直到我们之中的一个有力气爬起来，去煮咖啡，开始新的一天。我也不明白我们那时的生活为何如此简单。也许是因为你我都还天真单纯。

你开始画画。征得我的同意后，你搬到北面的大房间，因为那里有个大玻璃窗。公寓里开始弥漫着松节油的味道，那是我特别喜欢的气味。你变得又激动又安静，似乎停止了睡眠，身上涂满油彩。我有时把耳朵贴在你的门上，却听不见一点声音。有一天，你突然拉开门，我猝不及防倒在你怀里。我刚要开口为自己辩解，你却激动地说：

"你来了！我正要去找你！快来看！"

你拽着我的胳膊把我拉进房间，就在那时，我看到了你的第一幅画。颜料还没干透，画面的轮廓还不是很清晰，可是所有的都在了，蓝色、金色、红色、深黑色，还有那种精确，那种宽广，当时以及后来每次见到都让我目瞪口呆。我从未想到过，在自己的家里，推开某扇房门，会突然见到这样一件东西。画仿佛吞噬了整个空间，眼前再也见不到其他东西。我们站在它面前，又仿佛在它里面，被它吞没。我想起四月暴雨袭击下的樱桃树，几个小时之内，落花会在树下堆成厚厚的粉色地毯。我感到自己变成了这样一棵樱桃树，双臂垂落，呆立在那里。你在我身边，手里端了一杯冷咖啡，给自己点上一支烟。你观察着我，与其说等着看我的反应，不如说在充分品味喜悦，因为你很清楚自己完成了一件什么样的事情。你终于让世人看见了你头脑中的东西，让他们听见了你内心的声音。我们在画前待了整整一天。我明白，这是一件事的结束，也是另一件事的开始。我不知道你是否也意识到了这一点。夜幕降临，我们点起蜡烛，继续待在那里，沉默不语地一边玩十五子棋，一边喝酒，时不时向那幅画瞟上一眼，它在我们身边，像昏睡的巨兽。我永远忘不了这些，弗兰克。

接下来的日子又发生了什么？我记不清了，你似乎继续待在你的房间里，不过我隔着房门没有再感觉到油彩特有的振荡频率，有时碰到你在厨房煮咖啡，你的衣服也是干干净净的。你抱着一摞摞书进进出出，仿佛抱着一堆劈好的柴，我猜你房间里的书越堆越高。有时你抱着它们出门，又抱着它们回来，我不知道你去了哪里。你不在的时候，我去你房间里看那幅画，下意识地想确认它还在那里，没有离开我们。我似乎已经预感到，一旦它离开公寓大门，一切将不会再像从前。我目测它的尺寸，几乎确信它不可能出得了公寓，架子太宽了，根本没法通过我们公寓陡仄的楼梯。有时我怕你会把它分割成小块搬走，然而我错了。事实上，你事先精心计算了画幅的尺寸，又在楼梯和走廊上模拟过，然后按照能通过的最大尺寸亲手制作了画框。这都是你后来告诉我的。画布的大小正好是能进出公寓的上限。我告诉你说我很担心，怕你会用刀锯把这件无价之宝切割得支离破碎。多年之后，

你真的这样做了。是的，会有那么一天，你再也无法在
家里找到自己的位置，你将画出更加美的画；你会把这
些旧作锯成碎片，一片片扔到湿漉漉的大街上。你喝得
烂醉如泥，对一切都无动于衷，完全意识不到你这样做
会给自己带来多大的伤害。今天你的每一幅画都价值连
城，大多数都在大人物的保险柜或私人陈列室里沉睡。
你毁画的场面不出所料地刺激了他们的购买欲，结果只
有少数几幅被博物馆收藏。每当我在某家博物馆两个展
厅之间的拐角处看见其中的一幅，都有揪心的感觉。我
时不时会突然看见你后期作品之中的一幅，它被某个有
强迫症的收藏者用订书钉勉强修复，那感觉就像在壁炉
前看见一张兽皮标本，它大张的嘴再也不会发出任何声
音。那时，我会不由自主地想，一切都是我的错。长期
以来，我非但没能够制止杀戮的发生，反而促成了它。
专家们一致认为，那也许是当时最有创造精神的作品，
体现了你非凡的胆魄和大师水准，可那其实是我们的生
活，是你的生活，弗兰克。被肢解的是你自己，是你被
锯开，被掏空，被摧毁，而这都是我的错。

　　后来你画了其他作品，又画了更多。有一天，查理登门拜访，说他想做你的经纪人，虽然他从来没给任何人做过经纪人。自从那天我们在他家，你醍醐灌顶被灵感拜访，他就对你的举动着了迷，如影随形地跟着你，逢人便讲他如何让你发现了绘画。奥西普和索托津津有味地听他讲。公寓里开始有些人多起来，有一天，你好像把他们召集起来，把你的画搬出了画室，运到一家画廊。出乎所有人的意料，查理在那里替你拿到了第一份合同。画廊中等规模，坐落在迪皮杰区两条街的交汇处。1966年10月的一个周四，你在那里卖掉了平生第一幅画。那时你的画展开幕已经三周，你守在画廊寸步不离，也许你心里清楚，真正待价而沽的，是你自己。于是，在那个周四，一个男人步入了画廊，他四十多岁的样子，是一个富有的老女人的鳏夫。他的亡妻本来是一位年纪更大的富翁的遗孀，老先生尸骨未寒，就再婚嫁给了他。那时他似乎给她充当秘书，或类似的角色，当然这些都是我们后来才知道的。他先把几面墙都浏览了一遍，一脸不屑，嘴噘得像深海鱼，对你的画一眼都没看。他跟你说话是为了问你，画廊有没有吉尔范维尔德的画。你回答说，你不是画廊老板而是画家。这时他本能地做了一个后退的动作，仿佛被咬了一口，大概是不想被一个闲得无聊的无名画家缠住。然而，就在这时，奇迹出现了，画廊女老板恰好从地下室上来，开始为你唱赞歌，夸你是她展出的最有新意、最有独创精神的艺术家。他们用来交谈的是一种行话，我们当时还不懂，但我们很快像学一门外语一样掌握了它。谈着谈着，男子开始走到近前仔细看你的画，问是不是你画的。你给了他肯定的回答，男子又问你是否还有其他画，你又一次说是。当他问你是不是已经卖出过什么东西时，你带着也许只有我能听出来的恼怒和遗憾声音回答说，没有。出人意料的是，你简洁的回答方式似乎中了他的意，他宣布说，要买一幅你的画，马上就要，当天就要签支票带走。他要求你亲自替他挑选一幅。你非常缓慢地从你坐着的圆凳上站起来，这种刻意的、计算好的缓慢，对急性子的你来说，要付出相当的努力才能做到。

你站起来，仔仔细细端详着自己的画，最后，指给他最小的一幅，说：

"像您这样的人士，如果是三十乘三十的尺寸，我看只有这幅合适。"

那人一副苦相，在那一刻，仿佛对自己的所有期许都浓缩在你指定给他的画上，他觉得太小的尺寸配不上他。他的语调里明显带着祈求的味道：

"这一幅？真的？我本来想要更……"

你立刻语气热烈地回应道：

"您真是行家！当然了，您说得对啊，我真是昏了头了。这幅不行。您需要的，真正适合您的，嗯，应该是这一幅。"

你引他来到一幅尺寸大了一倍的作品面前。是一幅你书桌的近景静物，从画中能辨认出一些胡乱涂画的纸张、几张电影票、一些五彩纸屑，全都淹没在深蓝色的油彩中，你海洋一般动荡的私生活的缩影。我觉得那是一幅很动人的作品，可也相当合时宜，毕竟布拉克①与毕

---

① 乔治·布拉克（1882—1963），法国立体主义绘画大师。

加索早在世纪之初已经创作过贴纸画了。可那人又做了个鬼脸。

"我不知道，这是不是有点……我不知道。"他重复道，"我愿意出好价钱，不过我只想买您最好的东西。"

就这样，你沿着一条似乎事先定好的线路，带他一幅又一幅地看了大约一刻钟的时间。你陪他在画廊里转了个遍，甚至把你的作品与其他展出的作品相比较，指出别人的优点，只能让你的优点更突出。你最后把买主带到了你最大、最贵的作品面前，这时他才露出了满意的神色。一贯理智的我后来想，他其实只是想要最大的画而已，我们早该猜到这点。不过你的表演另有目的：你把对方搞得晕头转向，他想要的已经不是一幅画，而是所有的画了。也许是出于迷信，也许是艺术家本人的介绍使他产生了主人般的感觉，现在即使只留一幅画不买，他也不能忍受了。

"我全买了。"他说，然后略显尴尬地笑了一下，"这样您就不会白白浪费今天的时间了。"

你回答道："绝对不行，绝对不行，您不能全买。

否则我手里可就什么都没了！"

你接着对他抛出一连串莫名其妙、前言不搭后语的话，语气越来越急迫。他好像被你吓住一样退让了，最后真心诚意地相信，他能买最后见到的那幅最大的画就已经足够幸运，那毕竟是你同意卖给他的唯一的画。接下来的日子里，画廊宾客盈门，我们不知道他们是第一个买主派来的，还是仅仅从他那里得知，一个新画家刚刚在市场上横空出世。人们都很兴奋，纷纷要求参观或购买你的作品，结果一周之内，你的画一幅不剩全部售罄。你又接着卖了三个星期的画，不断提高价钱，兜售你的一个又一个故事，穿着画家标配的背带裤在众人面前表演，直到把你画室里的存货全部卖掉。你之所以能做到这些，弗兰克，说到底，因为你是个优秀的外交官，也是个好画家。

　　按照你传记的说法，没有人知道，第一次奇迹般成功卖画之后的那几个星期，你是怎么度过的。可我知道。你带我去了意大利，回归我们的故乡。你什么都没告诉我就订好了机票，画展闭幕的第二天，一大早，你让我收拾行李，我们就这样出发了。我们先飞到罗马，逗留了两天，夜里去我们喜爱的街道漫步，白天回去睡觉。接着你租了一辆车，我们沿着海岸，一路向北，穿越了整个托斯卡纳，在路边的小旅店留宿，大敞着窗子睡觉。我们仿佛重新成了孩子，虽然父母从来没有带我们去过那一带。我们找回了用意大利语聊天的亲密感，那曾经是我们用来交流的语言。Micapisci①? 还有从前喜欢的食物，在荷兰阴冷的岁月里无比怀念的炽热阳光。我们在做一件我从来没想过的事情，一件我从心里觉得奇怪而陌生的事情：休假。旅行中有一小段时间，我们

---

① 原文为意大利语，意为"你懂我的意思吗"。

租了一所房子住了一个星期，那是一座孤零零的宅子，在杏树林中间。我们什么也不做，你连速写本都没带，我们整日坐在石头露台上喝茴香味的开胃酒，用小刀削水果，聊着童年往事。夜里，我们一遍又一遍做爱。我们已经许多年没有做爱，但是在意大利，在1967年的五月，我们有整整一个星期只做这件事。我无须考虑，这件事如此熟悉。再说我满心为你骄傲，为你在几个月之内取得的成就感到不可思议。你转变了，不光取得了成功，也认同了努力工作的人生观。你终于在人生的竞技场上与我会合，我张开双臂迎接你。白天我们开着车，几小时的时间都在阳光灿烂的野外游荡，我把脚搭在仪表盘上，你光着上身，下身穿着短裤和网球鞋。我们去参观教堂，买酒，津津有味地啃着生番茄，仿佛世界上只有我们两个。我真想日子就这样永远过下去。

　　回到阿姆斯特丹的当天晚上，我们和朋友们出去喝酒。你跟一个我不认识的褐色皮肤的姑娘调情，最后带她回了我们家，因为她没有地方过夜。我因为第二天有工作要完成，就在你们之前去睡了。清晨，我正在床上写东西，你突然来到我的房间，看上去烦躁不安，头发乱蓬蓬的，一看就是宿醉未醒。你好看的样子让人心动。我以为你想在晨曦中与我做爱，没想到你说：

　　"你得帮我，海伦。"

　　"帮你做什么？"

　　"把昨天那个姑娘弄走。我都不知道她叫什么，过一会儿另一个姑娘就到了，可不能让她看见她，因为那可是我生命中的女人呢。"

　　在某个时候，你生命中的女人，也许应该是那个帮你摆脱这种麻烦让你走的人吧！有那么一瞬间，我苦涩地想。可我什么都没说。我一言不发地穿上外套，去找那个姑娘，请她跟我去喝一杯。跟你上过床的姑娘们事后都很想在我身边逗留一段时间，可能是想确认，我不是你的伴侣，同时也都很实际地认为，我的祝福可以帮她们巩固地位。那个姑娘也预感到这一点，因为她立刻顺从地跟我走了。在街区的咖啡馆里，她对我解释她是谁，把她所有的牌都摊在我面前，指望我会向你谈起她。我心不在焉地听着她唠叨，心里却想着你我在意大利的情形，我们做过的事，彼此说过的话。当我总算结束了谈话，独自沿运河走回家的时候，我为马上就能见到你而无比喜悦，彻底忘记了一小时之前我为什么出门。我到了家，三步并做两步上楼，却撞见你和安娜在我的盥洗室门口，边嬉笑边穿衣服。

就是在那一瞬间，弗兰克·爱泼道尔，我明白自己已深深爱上了你。拥有你的时候，我没有留住你。现在我既然已与你分开，就不再对你拥有任何权利。可我依然以为，在意大利，你我之间确实发生了什么，我以为你也感觉到了，我以为这感觉是相互的。然而我显然是弄错了。你并没有想伤害我，从来没有，你只是没有明白我的感受，因为我什么都没说过。就这样，安娜走进了我们生活。

安娜

安娜的全名叫安妮丽卡·范·奥普斯托。我们认识她时她三十三岁，出身荷兰冶金巨擘之家，父亲、祖父、兄弟全是工业家。她继承了一笔遗产，把钱拿来开了一家画廊。她在某处看到你的画，于是联系你，建议你跟她合作，你就这样结识了她。她高挑美丽，充满自信，你从第一眼起就爱上了她。我无意指责你。安娜给你带来了安全感和尊严，那是你自己不可能得到的东西，也是我无法给你的。我会给你做午餐的三明治，会给你洗衣服、叠衣服，会替你给你母亲打电话，可不能帮你征服艺术界。安娜能，她介绍你认识了很多有头有脸的人物，有钱人、聪明人。她引导你进入的圈子，能保证你未来数年的生存，确立了你在艺术界的合法地位。当你们手牵手走进某个房间，所有人的目光都会转向安妮丽卡，欣赏完她之后，才会看你一眼。她耀眼的光芒折射到你身上，仿佛暗夜的一束光洒在纪念碑上。大家都想知道你是何方神圣，用了什么手段能把如此尤物搞到手。人们对你们的关系和私生活满心好奇。他们得知你是个画家，就都想看看你的画，一旦看到了，立刻争相购入，简直像被施了魔法。如果你想卖画，只需陪安妮丽卡在某个画展开幕式亮个相，当天晚上你的电话就会响个不停。而你也许正跟她喝着朗姆酒，根本不想拿起听筒。全城的艺术爱好者都想来你家，参观你的画室。你给我讲过，有时你们招待客人吃完晚饭，会发现原来在客厅或楼道里的一幅画不见了。毫不夸张地说，人们什么都拿，甚至有好几次，被拿走的都不是你的画，因为实在没什么可拿的了。安妮丽卡是你那几年能找到的最好的经纪人，直到今天，她仍然是研究你的作品的最出色的专家。你们在一起的那四年里，没有任何人能像她那样，说服犹豫不决的买家，找车搬运你的画，让别人接受你那不近人情的时间表，在你醉醺醺地闹脾气不肯出门的时候替你赴约。她简直天生适合做这些事。可我总觉得，你始终没有完全承认她的才能，对她始终心存嫉妒，尽管你是主要的受益者。你们两人都太有性格了，你们的关系中太多光鲜亮丽，太多能量，也有太多共同利益。终于到了某个阶段，你不想再分享了，不想再做弗兰克-安妮丽卡二人组的一部分。你听够了别人转述给你的奉承之词，厌倦了跟她搭档，厌倦了你伴侣的魅力压过你作品的风头，以至于你自己都说不清，是她太有魅力还是你的作品太棒，你不能再忍受在你的画展上听到这个能翻云覆雨的高大女人发出低沉沙哑的笑声。

不过我讲得太快了。让我们从头开始吧！1967年，你拥有了爱情，你也得到了财富，很快就与安妮丽卡搬进了一座有八个房间的豪宅。你看中了对着阿姆斯特丹运河的有四个窗户的大房间，想把它变成画室。你在里面放了些定制的超大尺寸的橡木架子，高到天花板，好安置你的全套器材，罐子、笔、刷子、纸、画布、画框、海绵、颜料、溶剂、剪刀，闪闪发亮的新购的刀子，还有一张你自己设计的书桌。你跟所有的人都说起你的新居，邀请大家来你布置得十分舒适的家。你对家居装饰突如其来的热情让我想起了巴尔扎克①，我在心里暗笑。你有自己的画室了，但实际上，你每天都回我们的公寓工作。从某种意义上说，我们以这种方式继续共同生活：你在楼上画画，我在楼下写作，我们像往常一样在咖啡壶旁擦肩而过。对我们来说，什么都没有改

---

① 法国作家巴尔扎克热衷家居装饰。

变，除了一件事：我们都学会了撒谎。

"可我们就是在谎言中长大的，不是吗？"你一定会这样反驳。"我们只会撒谎。撒谎，作弊，不择手段，厚颜无耻。我父母，你父母。不是吗？我们从来不知道还有其他方式。"

我时常想跟你谈这件事，然而我心里清楚，与其说我想让你改变主意，不如说为了求得心安。我跟安娜相处融洽，我喜欢她，不想冒犯她。我很心虚，怕她对我起疑心，竭力让自己忘掉嫉妒，只想天下太平。你每天撒谎这件事令我焦虑，可是你回答说：

"说到底，海伦，最坏又能坏到哪里去呢？大不了我就承认我离不开我的第一个画室，就说我迷信，说这样对我俩都好，不就完了？你觉得她能说什么呢？"

这当然没那么简单。不管是以哪种方式，我的公寓里原封不动保留着你的房间这件事，给了你一个故弄玄虚和不诚实的借口，让你习惯了秘密生活。许多年以后，你又发现，除了绘画，这个完美的谎言还能带给你另外一个好处。你就这样一点点偏离了正轨，到最后你已经没有能力坦然说出你到底在什么地方。也许连你自己都知道得不清楚。有一次乘船旅行的时候，别人告诉我，方位搞错一个刻度，船就会偏离正确的航线，彻底迷失方向。弗兰克，我想，这就是你做的事情了。当然，我们这点秘密在你日理万机的生活中分量有限，绘画才是你生活的主要内容。从一开始，你就一头扎进了绘画，像扎进一望无际的田野或无边的黑暗，像从瀑布下的山洞穿过水帘往外走，或者更确切地说，从外面走进深不见底的洞穴。你进入了绘画的无底洞，可以说你再也没有出来过。尽管你是在其他领域反复碰壁后偶然踏进绘画的世界，你却是前所未有的如鱼得水，这也使你过上了一种双重生活。一碰到绘画，你整个人就散发出奇异的神采。我认识的那个彷徨犹疑的男孩，变成了一个魅力无穷的男人，一个不知疲倦的演说家。但我时常瞥见这个变身的另一面，随着你日渐成名，你身上勤奋的那一面却越发拉开了你与俗世的距离，正如野兽为了保护自己的窝，不断扩大它的巡逻半径。你那些年始终要来我家作画，首先是因为你知道，在我家能远离众人的注视，同时也因为你刻意要躲开自己喧闹的生活。在运河的对岸，你是公众人物，与安妮丽卡琴瑟和鸣，

周旋于上流社会，夜夜美酒笙歌，声色犬马；在运河的
这一边，是多年的合作与默契，几乎像学校课堂一般的
安静，除了自己，不需要取悦任何人，你认为这是从事
艺术工作不可或缺的条件。我们在青年时代起就住在这
里的公寓里工作，同处一个屋檐下却又相互独立。有时
我觉得，我们就像到达新大陆的探险家，二十多岁那几
年都用来精心挑选一块土地，然后夯平地面，在上面建
造未来的栖息之所。经过这么多年的耐心准备，我们现
在终于开始认真工作。很难说清我的学业是什么时候完
成的，大学的课程上完之后，我成了专业的文学研究
者，撰写评论和文章，编纂文集，组织研讨会。我不用
再每天拎着皮质书包去学校，但每天一早就穿着睡衣窝
到小书房里。我用悄悄攒下的一点钱，加上父亲给的补
贴，开了一家小小的出版社，办了一份文学杂志。你则
像个疯子一样画画，似乎没有完全扔掉从前对文字的喜
好，所以有时候你不去画画，而是跑到客厅里替我看寄
来的稿子。你还设计了一些细腻漂亮的拼贴画，给我的
书做封面，但从来不同意署名。你陪我去印厂，到处瞎
翻，打开这个抽屉、翻翻那个盒子，大口呼吸油墨的气

味，搬运校样和成箱的纸张。我想，这个暂时的勤杂工角色一定让你觉得放松。你那时已经相当有名，虽然名气还不像今天那么大，但你的面孔时常在专业杂志上出现，世人皆知你住在阿姆斯特丹。不过，我们一同出门办事的时候，从来没有人认出过你。印厂老板，他的工人们，偶尔上门来送文稿的写手们，他们跟你说话的时候，都把你当一个路过的陌生人，当作是我的兄弟或是远房表亲，一个毫无价值、偶然出现的路人。我忍着不说什么，可是惊愕不已。我不知道你是否预见到了，总有一天情况会发生变化，总有一天，在不久的将来，你无法再像关掉霓虹灯一样关掉你分裂的生活，人们会慢慢地学会在任何情况下都能认出你来。那一天，你将彻底无处逃避，彻底失去内心的安宁和外在的平静。人们会透过你的悲伤和绝望把你认出来，无论你怎么耍花招躲避，都会在大街上被认出来。有些时候，人们甚至会在你不在的地方看见你，某个陌生人会因为身形或口音被当作是你，人们小声重复着你的名字，如同连祷文不停地回荡。

不过，这是多年以后的事。先来讲讲那些年，1971、1972年，你刻苦工作的那几年。你每天很早就在装饰得富丽堂皇的房间里醒来，吞下两碗范·奥普斯托家的古董瓷碗中的麦片，套上一件T恤，外罩羊毛套头衫，一条溅了颜料的裤子，走路来我家（我又看见了年轻的你，步行或骑车在阿姆斯特丹的街上穿行，穿着你一成不变的灰色云纹套头衫、厚呢短大衣和我在女王百货店成打地替你买的厚羊毛袜）。你常常会在半路停下，在路边摊买两只醉鲱鱼卷，一瓶德国烧酒。有些日子，你边上楼边琢磨前一天的工作，深深地沉浸在你的画里，甚至都不记得跟我打个招呼。我坐在三楼书桌前，听见木门吱嘎响，一回头，只来得及瞥见正在上楼的一只脚或者一个后背。那些年我目睹你投入地工作，变成一个与我此前认识的你完全不同的人。无论有意或无意，你选择了最艰难的职业——画家，神奇的是，你看上去精通此道。人们守候在画廊周围的街上，只为了就近一睹你三十四岁功成名就的风采。你在书桌上方挂了一句勒韦迪①评说毕加索的话："他决定把此前积累的海量知识与经验归零，让自己彻底重新开始。"你的经验当然不能与毕加索比肩，你画画不到六年，而勒韦迪所说的毕加索，准备画《亚威农少女》的毕加索，二十七岁时掌握的绘画的技巧和心得已经比你高出许多。②你的绘画之路恰恰与那位西班牙大师相反。因为对绘画知之甚少，你必须先学习绘画。你在艺术界的亮相不同寻常，令人惊叹，但你很快就明白，你的盛名之中有某种误会或欺骗的意味。从那时起，你就不再为听到赞扬声而飘飘然，转而对唱赞歌的人起了蔑视。

---

① 皮埃尔·勒韦迪（1889—1960），法国诗人。
② 《亚威农少女》被认为是毕加索风格转向立体派的开端，他当年二十六岁，一说二十七岁。

于是你像个逃票的人，天天回我们的家，不是画画就是读有关绘画的书。你蜷缩在客厅的沙发里，读书，看到喜欢的句子就记在一些小方纸片上。

"绘画就像一种菜谱，你对鸭子做了一大堆复杂的处理，最后只用它的皮。"

——卢西恩·弗洛伊德①

"太伟大了，简直就是一种文明，而不是一个人的作品。"

——威廉·德·库宁②评价阿尔贝托·贾科梅蒂③的作品

---

① 卢西恩·弗洛伊德（1922—2011），英国画家。
② 威廉·德·库宁（1904—1997），荷兰画家。
③ 阿尔贝托·贾科梅蒂（1901—1966），瑞士画家、雕塑家。

"人们存在只是为了让我跟他们喝酒。"

——阿梅迪欧·蒙迪里亚尼[1]

"如果我能画一只手，你们以为我还会去画这些混账玩意儿吗？"

——杰克逊·波洛克

你特别喜欢波洛克，同时又对他颇多抱怨。你说他把油彩就那么扔到画布上，这是对油彩最大的伤害，还把这些都拍下来。上帝啊，边做边拍。这么一来，所有人都以为油彩是可以随便扔的，其实只有他知道该怎么扔。出于同样的或几乎一样的原因，你也生安迪·沃霍尔[2]的气，可你不埋怨马列维奇[3]，因为你认为他有权威，这很重要。你热爱现代油画甚于一切。你说即便是德·斯塔埃尔[4]，他早年间试图尝试不适合他做的事情，是个拙劣的画家，可他后来画出了令人震撼的画，他的

---

[1] 阿梅迪欧·蒙迪里亚尼(1884—1920)，意大利画家，酗酒。
[2] 安迪·沃霍尔(1928—1987)，美国艺术家，波普艺术的领袖。
[3] 卡西米尔·马列维奇(1878—1935)，俄国画家。
[4] 德·斯塔埃尔(1914—1955)，俄裔法国画家。

风景画近看完全是抽象的，可是只要后退几步，就会在某个瞬间突然看见一切，山、树、河谷、激情。你也很喜欢弗朗兹·克莱恩①，因为你在他的画里能看见运动和画笔经过的痕迹，这也是很重要的，因为这让你激动，就是这样。还有弗朗西斯·培根②，当被问到如何画人物，哪种侧面最好时，他给出了终极答案：没有最好的侧面。你解释说，画一个人，就要画出他的全部，画出他的行动，他的怀疑。因为人就是这样的。然而你呢，你想学会画一只手。不是要重新创造它，不是要在你的画里质疑现实，也不是要搞形象革命或类似的蠢事，只是画一只手，用完美的、学院式的方式去画，像拉斐尔、达·芬奇、提香那样去画。你说你想学会画脚、腿、鞋子，学会用真实的颜色、用透视技巧准确地描绘风景。才画了六年画的你，骄傲地宣称，大家都忘了绘画原本是什么。你厌倦了出席展览，厌倦了看造型艺术家站在盒子上背诵蹩脚的诗句，然后跪下来趴在地上，用脑门把盒子推走，最后像傻子一样躺在地上，而周围

① 弗朗兹·克莱恩（1910—1962），美国抽象画家。
② 弗朗西斯·培根（1909—1992），英国画家。

的看客们都在嘀咕，展示结束了吗？是不是该鼓掌了？酒会开始了没有？能不能现在就走？我入迷地听着你的高论。你变成了一个新人，坚定、顽强、偏激。我把脑袋搁在你的膝盖上，闭上眼睛，听你解释你对工作的观点。

　　你也许不知道，你跟安娜分开后，我继续跟她见面。不光是你们分开后最初几个月，我一生都跟她保持联系。当然了，我们是朋友，但这不是唯一的原因。实际上，我们曾经是敌人，你们在王子街公寓浴室里嬉笑的脸，永远无法从我的记忆中抹去。你肯定忘记了这一幕，可安娜没忘。你们关系破裂后过了一段时间，安娜有一天出人意料地对我说："海伦，你心里有点高兴，这我们俩都知道。"她说得没错。我这么多年来一直跟她见面，一直用心经营这段友谊，也是为了牢记从痛苦中得来的付出高昂代价的认识。我最后一次见她是在七年前，她路过伦敦，我们像两个中规中矩的老女人那样，约在茶馆见面。在意气风发的青年时代，我们一定会觉得这很可笑。安娜曾是一个在画展上让众人的目光都随着她转的女人，而我只知道工作，工作。在她家点满蜡烛的屋顶上，我们多少回快活地大杯喝下法国红酒。她那时依然十分美丽，只是因为结肠癌消瘦异常，两年后癌症复发将夺去她的生命。那天，她裹在米灰色的羊毛披肩里，神情肃穆，头发剪得很短，染成红褐色。我们要了咖啡，讲述了各自的生活，我在图书馆里的研究，安娜在珀斯的度假屋工程。然后，自然而然地，我们说起了你，就像每次重逢一样。那时她与你分手已经四十年，而我也十五年没有见过你了。那天，谈起你们的关系，安娜说："那不是出于感情，只是身体的吸引。"她的声音里有一种骄傲，令人心碎的骄傲，因为说这话的女人已经变得那么弱小，可她记得在某个年代，她曾经拥有那么傲人的身体。我想告诉她，"我记得，我都记得。我记得年轻的你，那么清晰；我记得弗兰克，有时我觉得自己所有的能量都用来记忆了。我记得那么清楚，我的记忆里充满了形象和声音。"有一天，我听见有人问你，你妻子是什么样子。你回答说，你刚好有她的一张照片在钱包里，接着，我看见你从里面口袋里掏出一张折成长方形的纸，大概十二厘米长、十厘米宽的样子。你打开它，一层又一层。对方看得目瞪口呆，一动不动。最后，你在他面前展现了一张照片，更确切地说是一张海报——安妮丽卡的全身像，全身赤裸。你动作优雅地用两根手指捏着海报上方，举着胳膊，似乎她本人就在那里。"她差不多就是这个样子。"你语气平静地说。

　　"对，"我讲完故事后，安娜若有所思地说，"我差不多就是那个样子，没错。你看见了，可那又怎么样呢。"

1971年春天的某个下午，安妮丽卡叫我去她家里。一听她电话里的声音，我就知道出了大事。我两脚刚踏进你们家的大门，安娜就问我：

"他跟谁睡了？"

"跟你啊。"我怯生生地答道。

"住嘴吧！"她大声嚷着，抬起一只胳膊，仿佛要给我一个耳光，"回答我的问题，海伦，他跟谁睡了？"

"跟你。"我没法编出另外一个名字，只好重复说。

"你还不够护着他吗？其实画室的事我知道，你们真是把我当傻子了。而且你居然什么都没看见！该死的，海伦，你到底在想什么啊？没什么大不了的是吗？可是你来看，来看啊！"

她粗暴地扯着我的胳膊，把我从走廊拉走到你的冒牌画室，一间我很少踏足的屋子。她从一件家具背后拿出一幅画来，冲我嚷道：

"看看这画！这女人是谁？不是你，肯定也不是我！"

我仔细看着那幅肖像。我从来没见过那个女子，这我非常确定。她坐在窗边的沙发里，窗外是瓢泼大雨，我仿佛能闻到被打湿的树叶的味道。那女子穿着蓝色裤子，黄色套头衫，脚踩平底鞋，头上束着石榴红的头巾。她直视着我和安娜，脸上除了直率没有其他表情。她的脸是模糊的，正如马奈的修枝剪静物画中的牡丹花[①]，看画的人一看就知道那是牡丹花，可仔细看又辨不出细节。人们只知道那是牡丹花，但无法解释清楚为什么那是牡丹花。在你的画里，有一种对我们俩构成威胁的东西，虽然我们不知道，这痛苦的直觉来自何方。画上的那个女人不动声色地望着我们，向我们宣布她的到来。可是，我们无论是凑近细看，还是后退一步端详，都看不出来这究竟是谁。反正她不是我们之中的任何一个，这一点，安妮丽卡凭着她爱情的本能倒是判断得很准确。一眼就看得出来，这女子比她娇小很多，

---

① 指马奈的名画《白色牡丹花》。爱德华·马奈（1832—1883），法国印象派画家。

并且也不像我，因为你从来不会把我描绘成这种无所事事的悠闲女人，这一点比女子的五官更让我确定，我看见的是另外一个人的画像。她究竟是谁？画像的风格比你在那之前的作品都更偏向古典，这种改变仿佛预示着季节的变迁，一个周期的结束，另一个周期的开始。这不是一个虚构的女人。虽然我们从未与之谋面，但她真实地存在于某个地方，你与她分享一些我们所不了解的情感。我无法移开自己的目光，审视着画面上一个又一个的细节，想看透背后隐藏的秘密。我仿佛推开一扇门，进入了别人的私密世界，窥探到了一件不属于我，也完全与我无关的事情。经过一番思考，我想你大概预料到了我们总有一天会发现它，否则你为什么会把它放在这里呢？这只是你名义上的画室，安妮丽卡在这里待的时间几乎比你还多，你为什么不把它放在王子街的秘密画室里呢？你明明知道，我虽然有时会出于好奇去那间屋子，但自从看到你写的诗之后，我每次只满足于在门口张望一下，仿佛那里安装了博物馆防闯入报警装置一样。如果你把画放在我们家，像这样藏在家具后面，我是永远都不会发现的，可安妮丽卡会发现，而你知道这一点。那你为什么要这样做呢？我没有告诉过你我的揣测，不知道你自己是否意识到了这一点。或许，你是在左右为难中，下意识地想用这个方式让我们明白，你那深不可测的心底在谋划着什么。我从来没有忘记那幅画，时至今日，我几乎还能闻得到那股清漆和汽油的味道。那一天，我站在安娜身旁无计可施，没有任何办法安慰她。

　　画上的女人名叫玛戈，刚满十八岁，是个学艺术的学生，自己也做灯。你为她疯狂了好几个月，直到她为了她的人种学教授、一个比她大三十岁的秃顶男人毫不留情地抛弃了你。她离开的时候，你居然拒绝把她放在王子街公寓的物品还给她。你带着惯常的自负，断定她一定会回来，所以把她的东西搬走一点意义都没有。然而她再也没有回来，她嫁给了那个老师，在三十岁前为他生了四个孩子。我知道，你本来因自己能勾引到这么年轻的姑娘而自鸣得意，然而她竟然宁可选择我们眼中的糟老头子，这对你来说是巨大的挑衅。这场狂风骤雨般的恋爱为你和安娜的共同生活画上了句号，也为你开启了另一种更加动荡和混乱的生活，与你同床共枕的姑娘们开始走马灯似的更换。跟安娜分道扬镳后，你正式搬回了王子街。你画了多少画，得到了多少荣誉，赚了多少钱……我怎么能告诉你你连你自己都不知道的事情呢？这将是一个令人难以置信的故事。坦率地说，我想我会写一本讲述你人生轨迹的书，我，作为你最好的朋友，一辈子都待在离你咫尺之遥的地方，写了那么多讲其他事情的书，总有一天，我会写一本书来讲述你的工作和我看到的一切。但我发现，我最终还是没有写。我曾确信自己会写，甚至在某些时刻，我完全相信自己已经写了，正如有时候，脑子里一整天都在考虑一个计划，以至于感觉那件事已经完成了一样，实际上什么都没做。当然，我所有的书里都有你的影子，但我从未直接以你为主题写过书，也许我觉得用一本书来概括你，是对你的不敬。每当我在电视上、在艺术杂志里，或者，当然了，在博物馆里，突然看到一幅你在我们共同生活期间画的画，被牢牢地挂在墙上，旁边有警铃，还有一个彬彬有礼的保安，我会回忆起你创作它的情形，你作画的每一步，记得在我们家里见过它，它就放在画室的地上或从拆开的闪闪发光的圣诞礼物包装纸中显露出来。看到它在公共场合被这样戒备森严地保护着，我总是感到无比震惊。那时，一些场景总会完整地浮现在我的脑海中，有一些闪回的镜头，它们之间并无联系，但全部指向记忆深处的那幅画。我看到了这些画，它们也看到了我。它们如果会说话，一定会说出关于我的一切。

　　是的，如果它们会说话，你的画一定会出卖我。它们会指出我的愚蠢，我的盲目，说我不坦率、自私。它们会说我先是如何没能成功地吸引住你，后来又因你终于回到我身边、无比依赖我而洋洋得意。在你身边的所有女人当中，我肯定不是最美的，也不是最聪明的，但我似乎是唯一必需的那一个，从未被取代的那一个。每周都会有不同的女人打电话来，乞求与你见面，我是唯一从来不需要这样的女人。我只需轻手轻脚走上楼梯，敲响自己家最上面那层房间的门，就能见到你。我仿佛窝藏了一个魅力无穷的逃犯，囚禁了童话里万人仰慕的公主。在公众面前，你亲热地搂着我的肩膀，对每一个想知道的人宣布："这是海伦，离了她我可不行！"你这样说让我受宠若惊，忘了要为此付出的沉重代价——要照料你的日常起居，安排你的生活，我的工作就是，替你打理一切。我谦卑地微笑着，对别人说："他喝多了，一个字也别信他的。"我从你手里把酒杯抽走，好

让你第二天能保持工作状态。我成了你的女佣人。像所
有女佣人一样，我最后也以为，主人真的属于我了。

不过，从1971到1975年那几年，我们确实完成了一些了不起的工作。在王子街的公寓里，我们天天早起晚睡。那个时期，我们的状态堪称完美。我也许美化了过去，就像老化暗淡的金属，在不断摩挲下会发出黄金般的光泽。但我最后记得的，只有那些阳光灿烂的早晨，我们在阿姆斯特丹带着咸味的微风中漫步。我们的食物很健康，饮料很充足，工作成绩斐然，一切宛如奇迹。我终于开始认真写一本关于托马斯·哈代的书，这个想法在我心里酝酿多年，始终没有下笔。我文思泉涌，像被施了魔法，每天早上五点钟就起床工作，狂热地敲打着打字机的键盘，眼睛紧盯着纸上的字。书桌上堆着的哈代的著作，我从前在上面做了大量的批注，却没能提炼出任何有价值的东西，如今它们仿佛在我耳边娓娓道来，天天一字一句地向我口述我要写的内容。书稿一页页增厚，每天晚上我都重读白天写的内容，对自己写下的东西感到吃惊。在这本书里，我阐述了一个大胆的论断，即哈代小说里对话的风格与十八世纪意大利剧作家哥尔多尼①非常相像。读第一遍的时候，会觉得人物的对话如洪流滚滚，然后节奏越来越快，对话突然变得越来越有趣，让人心醉，因为一切的结构都极其完美。哈代的作品中通常会有几个村民，他们的组合类似一个古代唱诗班，给叙述的主线增加了趣味；人物对话看上去是兴之所至，随意写来，实际上一切都经过深思熟虑，充满美感。如今好像已经没人再读哈代了，我自己当初会去读他，是因为听说斯科特·菲茨杰拉德认为，他"笔下的亿万富翁与哈代笔下的农民一样，又出色又痛苦"。都说菲茨杰拉德是个醉鬼，但他对文学的见地却非常可靠，我认为至少这件事他说对了。在哈代最有名的作品之一《远离尘嚣》中，有一个章节，描述贫穷的羊倌盖博瑞尔·奥克打算向年轻的芭思谢芭求婚，却从她姑妈的口中听说已经有人捷足先登。奥克当即说了一番沉痛的话，在我看来，那是整个西方文学中最具悲剧色彩的应答：

① 卡尔洛·哥尔多尼（1707—1793），意大利剧作家。

"那可太糟糕了，"盖博瑞尔说，沮丧地盯着地板，"我只是一个很普通的人，我唯一的机会就是第一个向她求婚。"

直到最近，我在图书馆偶然看到这本大约写于五十年前的书，才领会到里面隐藏的含义。我，海伦，我的的确确是第一个出现在你生活中的人，然而我像盖博瑞尔一样，注定要流浪许多年才能被我爱的人看见。此时此刻，你看见我了吗？弗兰克，我写的书，所有那些书，谈论的都是你。

就这样，四年的间隔之后，你回来了，一切似乎都没变，但实际上，一切都变了。这么多年来，无论走到哪儿，我都是最年轻的那个。然而从这时起，你的情人们夺走了我这个头衔。她们先后有几十个，都是身上沾着新鲜颜料的年轻姑娘，甫从艺术学校出来就被你钓到手。她们野心勃勃，不食人间烟火，我常常一大早就碰见她们在我的厨房里研究我的咖啡机。在那些年里，你开始画人物肖像，这就好像你给自己的弓箭装上了一支新弦，在你不情愿地走向成熟的年纪能让你得到姑娘，还能继续对她们施展魅力。今天我可以跟你说了：有时候你在咖啡馆跟她们搭讪、提出给她们画像的样子，介绍自己的方式和你的微笑里，有那么一点悲壮的意味。你成名之后，姑娘们有时会认出你来，在其他地方也许不会，但在阿姆斯特丹，从1970年开始，你在本地就相当有名气了。因此，她们统统都急不可耐地立刻应允了给你做模特。很多姑娘在第一次来画室时就宣布，她们已经辞掉了服务员工作，以便随时来做模特。这句话的实际意思是，随时来赴你的约会。弗兰克·爱泼道尔，你作为一个情人已经名声在外。另外，姑娘们都听说过，你为安娜和玛戈都画了闪耀着爱情之光的肖像，所以，当你提出要为她们画像时，她们听到的是类似这样的话："跟我来，我会把你变成王后，变成缪斯，就像我对我爱过的其他女人做过的那样。"然而，你已经不是原来那个弗兰克了，你不想再有长期的关系。你对回归我们往日的同居生活心满意足，倚仗着我的忠实陪伴，你不需要再跟任何女人发展超过几夜的关系。你作画，我料理家务，至于其余的事情，你又变回了二十岁的男孩，一无所知。多年以后，有一次我跟安娜私下见面，我们又一次聊起你的所作所为，特别是这一奇特的变化，她给我讲了马蒂斯①的故事，合法妻子让他在自己和情妇之间做个决断，马蒂斯考虑了两天后，回答说他选择情妇，因为只有她能帮他填写报税单。那一年，我们庆祝了三十三岁生日，跨入了共同生活的最后四年。

---

① 亨利·马蒂斯（1869—1954），法国画家。

我们不再是年轻人了，在那样一个年纪，继续生活在一起，维持着那种生活节奏，这件事开始有了意义。有些面孔从我们的生活圈子消失了，这里或那里，有些人终成眷属，有些人配对成家。人们以某种方式成长，而我们身处台风眼，那是一切发生的地方。你好像并不在意，而我却常常思考这一切。我们也变了，那些肖像画也是这变化的征象。

那一年，我父亲突然心脏病发作，死在罗德岛他与我母亲居住的家中门厅的大理石地板上。举行葬礼时，哥哥们带着他们的妻子都来了，我只在婚礼上以及每年新年时他们莫名其妙地寄给我的全家福照片上见过她们。那天，我们都围在母亲身边，他们摆出一副伉俪生活美满的样子，轻蔑地对待我，因为我孤身一人，可我也不过三十三岁而已。刚刚失去父亲的我，并没想到让人陪我一起来。在我看来，一个男伴在这种场合像件太惹眼的装饰，不合时宜。我也没有向任何一个朋友提起我父亲的死。至于你，我不让你来，尽管你抗议，最后也在我的意志面前屈服了。我希望单独待在棺木前，或至少单独跟母亲、哥哥一起，这样我们就会像从前还是一家人的时候那样，五个人在一起，思考一下发生的事情。我只希望能坐在草丛中，迎接他的棺木，然后好好想念他，想念我们共同拥有过的生活，想念他如何做父亲，我又如何做女儿。我不愿去跟几百个人握手，不愿跟因为我至今未婚而侮辱我的哥哥们发生口角。对我来说，父亲比他们重要得多，这使我愈发想念他。尽管他有那么多缺点，但他的突然离世仍使我深深震惊和迷茫，因为我的人生始于对他的反抗。而对一个人的反抗也意味着对他的依赖。在他过世后的几个月里，失去平衡是我生活中最清晰的感觉。我带着伤痛的心回到阿姆斯特丹，回到我们生活的屋子里，那里人来人往，充满欢声笑语，到处是画和书籍。而我却失去了一个真正爱我的人，失去了一份伟大的爱。我的未来从此将满是疑惑，再也没有父亲对我的期待。他对你一向轻蔑，就算他没有因为我与你同居而痛心疾首，他也必定是不赞同的。我精神恍惚地回到家，失魂落魄，人都变了样子。至于哥哥们，事隔十多年后，我在母亲的葬礼上最后一次见到他们时，他们的妻子们已不见踪影。弗雷德满身酒气，马腾神经质地不停揉鼻子，一趟趟去火葬场的卫生间，甚至不怎么掩饰。轮到他上台致辞的时候，他结结巴巴咕哝了一堆谁都听不清楚的话，台下人目瞪口呆地看着一道鲜红的血从他一个鼻孔流出来。他最后终于感到它碍事了，因为他好几次用手背用力去擦，结果几乎满脸是血，他完成了对母亲的赞美，而我旁边的弗雷德几分钟前就轻声地打起了呼噜。让我惊奇的是，之后的几年，我每年都会收到他们寄来的新年贺卡。那些卡片，怎么说呢，越来越糟，画面上的女人每年都换，要么确实换了新人，要么就是整形外科的功劳。至于孩子们，全都又肥又胖，一脸蠢相，他们都站在圣诞树下，分不清谁是谁。每当我在街上碰到五十多岁、浑身污垢、散发着愚蠢的味道的流浪汉，我就会立即问自己，这会不会是我那些侄子中的一个。

　　那些年我的家庭与我时有联系，你的家庭也是。你母亲一直住在潘波勒，你以你自己的方式，一方面恨她恨得要死，一方面爱她爱得发狂。你给她画马或自画像，要么是前者，要么是后者。你每次给她寄两幅画，一幅画的是马，一幅是你的自画像，用有气泡的包装纸包好，两幅画面对面放一起。你的自画像都很吸引人，但更有意思的是那些马。它们不像沃夫曼①笔下的战马，尽管他肯定给了你启发。不，你画的是野马，孤零零地在原野上，不属于任何人。你如果生凯特的气，就换个主题，画一些死马寄给她。你差不多画了一整套马匹大全。有一次你们闹别扭，在那期间，你把所有关于马的文字都找来看了，特别是马拉帕尔特②关于拉多加湖③

----

① 菲利普·沃夫曼（1619—1668），荷兰画家。
② 库尔齐奥·马拉帕尔特（1898—1957），意大利作家。
③ 拉多加湖，位于列宁格勒附近。

里的马的故事①。这个故事启发你画了一整个系列的变形的马头，露在结冰的水面上。你不厌其烦地向我们所有的朋友解释，过冷现象会造成悲剧：正常情况下，温度一旦降至零度以下，水就变为固态。但如果冷却像闪电般瞬间发生，而水质又过于纯净，冰就无法形成，因为缺乏产生晶体的引子。根据种种情况分析，马拉帕尔特笔下的马打破了水在过冷状态下短暂的平衡，造成湖水大片移动，把草屑、泥土、毛发等杂物带入水中，无意中加速了悲剧的发生。你对这个故事着了迷，但你母亲并不喜欢。她收到成箱的画后，打电话来找你，可当我告诉她你出门了，她显然很高兴，问我："海伦，你能不能告诉我，我到底做了什么，惹得他给我寄这些东西？"我无言以对。那几年，她简直要淹没在你画的马里，你好像明白了你的画可以变成武器，用来向亲人复仇。不过，这复仇最终还是指向了你自己。当我们每年一两次去看凯特的时候，你仔细地数着那些一直挂得与灯架齐平的画，发现马的数目要比你的自画像多。你跟

---

① 马拉帕尔特在其关于二战的小说《毁灭》中，描写了几百匹俄国战马在拉多加湖里被冻死的场面。

凯特提到这件事的时候，她耸耸肩，对你说：

"在有些画上你看起来实在太像你父亲了，我不想挂在家里。经过这么多年，我可不想再在家里看见你父亲那张脸。马嘛，至少谁也不像。"

"可画是一起的，这是双联画，妈妈。你不能这样做。"

"你的画像和马的画搁在一起，不知道你是怎么想的。你不是讨厌马吗？一派胡言。"

凯特转身去吩咐厨娘了。你爬到家具上，把画摘下来，按你的意思重新布置。你爬上顶楼，一边唠叨着："我就知道在那儿，这可恶的女人。"你把被打入冷宫的画翻出来，找了些旧钉子，把它们挂在墙上。凯特回来的时候，连眼都不抬，对你说：

"弗兰基①，走之前全给我恢复原样。"

你每次都在她扑了粉的眼睛的注视下，悻悻地把画恢复原样。而她会在晚饭后，带着心照不宣的神气，递给我一杯杏仁味的白兰地，然后，她吻过你的额头，我

---

① 弗兰克的昵称。

们就坐上你的克莱斯勒，开一夜的车回到阿姆斯特丹。
每当你抬起一只手推眼镜的时候，我会看见，由于你把
皮质方向盘握得太紧，而在上面留下的清晰的指印。

　　你精神紧张，因为你满心焦虑。我知道，那一年，
你满怀绝望地看着奥西普一步步成名。你很矛盾，一方
面对你最好的朋友之一充满感情，一方面你恨不得当着
所有人宣布，你认为他的作品被大大地高估了。从你崭
露头角开始，你就觉得自己无可争辩的是这帮朋友之中
的翘楚，可你突然间就被超越了。每次你宣布自己的一
个好消息，比如卖出了一幅画，接到展览的邀约，或某
人又给你写了篇文章，总是立刻被奥西普的新闻盖过
了风头。亲爱的老奥西普可没什么错，他表现得甚至可
谓忠诚，至少我这么觉得。他没向你隐瞒过任何事，没
用刻意的沉默欺骗你，你自己也知道，不是吗？可这并
没有减轻你的痛苦，你甚至到了害怕碰见他的地步，你
数着日子，盼着他的风头赶紧落下，然后发生一件别的
事，轮到你扬眉吐气。你当初为自己做的美梦，眼看在
别人的生活里成了真。你满怀羞愧地发现，这仿佛是寄
给你的包裹被误投给了邻居，你莫名其妙地怎么也收不

回你的东西，同时，你心里也清楚，这种幻觉完全出于嫉妒。你只敢在夜深人静的时候，摇晃着手上的水杯和香烟，全身充满挫折感，对我说：

"这路子肯定行啊，他都给纳粹画像了。算了，这跟我们有什么关系呢，我们是画家，又不是哲学家。"

从某个角度来看，你是有道理的。奥西普自称对生意一窍不通，实际上，凭着他那副缺了牙的傻子面孔和那个狡猾的脑袋，他玩得风生水起，因为没有人会怀疑他。他激起了人们的怜悯之心，这毫无疑问帮了他的忙。艺术界对他富于情感的表达、一派天真的色彩、含糊其辞的说话风格着了迷。他粗粗地把海德里希、戈培尔、戈林、希姆莱①画在一些家庭生活的场景中，从不解释他的想法，而你画的那些不同寻常的马却被当成了过时的东西。但另一方面，你确实从来没有对自己绘画生涯开始过晚感到释然，每当有人当着你的面说起某个年轻艺术家，你的脸就痛苦地拉长了。你始终不原谅自己错过了成为早熟天才的机会，直到二十八岁才找到自己

---

① 四人都是纳粹德国著名人物。

的人生道路。你对遇到的所有年轻画家都深怀嫉妒，即使他们的天赋远逊于你。我觉得你对自己的嫉妒极为羞愧。你有很多令人厌恶的缺点，可你不是个残忍的人。在某些情形下你会撒谎，可说到底，人人都在撒谎。一旦要用语言描述我们的经验，我们会选择某种版本而不惜伤害别人，每一句话都包含了对事实的主观诠释。除了用词，甚至叙述事件的先后顺序都会明显改变事实真相。我们描述的画面总会体现我们对事件的解读，我们想在其中扮演的角色和我们不知不觉所能感到的隐秘情感。这个道理也许是老生常谈，但言语一旦对公众发表，就像你的话一样，所有这些不由自主的加工就无法控制其程度了，变成一个传奇的工具，故事就这样一点点被编造出来，取代了其他说法和与之不符的事实。你本来就能言善辩，也喜欢聊天，随着媒体越来越频繁、越来越有规律地上门，你很快就明白了宣传的力量，明白了必须用言语去打动人们的心灵，最大限度地影响舆论给予你的评价。你理解了沉默的价值，掌握了一门学问，那就是在自传中巧妙地留白，任他人替你意淫出一些对你有利的秘密功勋，而你根本都用不着去更正，因为你不是作者。就这样，坊间开始悄悄传说，你从童年就开始画画，某地保存着一些油画和素描，体现了你的高超技艺，尽管从来没人见过这些画。你任由人们怀疑，任何模棱两可的说法最后都会让你名利双收，因为唯一能反驳你的人是我。

　　经过了那么多年，你当然有一些改变，你的成就给你带来了变化，但并不多。事实上，仿佛除了现实的你，还渐渐形成了另外一个版本的你，你的一个全息影像，公众眼里的弗兰克·爱泼道尔。人们为他写文章，出画册，将来还会以他为主题写书、写论文、出专著。这个弗兰克对我而言不完全是个陌生人，但他与我认识的那个人，我与之青梅竹马，又在一个屋檐下生活的人，是两个截然不同的弗兰克。这情形极其怪诞，但又完全无关紧要。说到底，无论是不是名人，我们的真实生活都会被言过其实。不管你的名声如何令人眼花缭乱、难以置信，对我们的共同生活并没有多大影响。时不时有摄影师登门，为一些艺术杂志来拍你的肖像。他们当着我的面选择道具，在你自己的画作前面摆弄你，甚至求你不要洗掉套袖上溅到的颜料，因为那样拍出来更真实。"画家弗兰克·爱泼道尔在工作室。"图片都很精美，不过，有时候我想，如果要表现更真实的你，他们应该去楼下拍你扔在那里的破皮鞋、洗脸池上你的指甲碎屑、你每天早上一来就带着几乎庄严的神情在厨房窗沿上放三包香烟，还有我小小的、永远在画面远处的身影。这才是真实的你，弗兰克，因为是我一手操持着我们的日常生活。

　　你从来没有想过，我为什么会在1975年的春天结婚吗？一时冲动而结婚，这可不是我的风格，不是吗？你从来没想过这个问题吗？我今天终于明白了，最简单的解释，可以用一句话来概括："那是我的孤注一掷，但我没想到，你居然没有挽留我。"说得更直白一些，我得承认，我的爱情生活始终不如意。我有过一些情人，但我与他们之中的第一个埃里克交往时的不适感，始终缠绕着我。在我人生的前半段，我学会了那么多，成长了那么多，也曾感到深深的幸福，但我从来没有对交往的男人产生过亲近感，他们都使我深感失望。他们有的缺乏活力，有的不够善良，有的不学无术。无论什么情况，无论早晚，我总是无可救药地在深夜离开他们回到咱们的家，看见你坐在厨房瞎涂，然后我们说说笑笑，直到天亮。我问自己，为什么从来没有人对我说歌曲里唱的那些动人心魄的句子（你肯定也从来没想过，我怎么会跟那个梳着马尾的民谣吉他手别扭地交往了六个月，而他连你说的笑话都听不懂。现在你明白了）。当然，我有我的问题。我从来都是身在曹营心在汉，就像有些人，即使睡着了，也总忘不了把一只脚或一条腿搭在床下，就为了享受外面的清凉。从某种意义上说，你从前写的那首诗说出了事实，那就是我从来没爱上过什么人。当然了，除了你，可那也是很久以前的事了。我以为对你的爱早已变成了其他的东西。变成了什么呢？我们这样下去，会有什么结局，弗兰克？我们会有结局吗？在母亲葬礼上，哥哥们对我的傲慢仿佛让我从一个长长的梦中惊醒。我享受书斋里的孤独生涯，然而想到自己已经三十七岁，在爱情道路上却一无所获，不由得心慌。你已经超出众人期待地当了画家，我也想像你一样，做一件让大家吃惊的事情。

部分地由于这个原因，当君特·麦乐斯，一个四十三岁的建筑师，在我们第四次约会的时候向我求婚，我立刻就答应了他。他是在古玩街的一家法餐馆里等着上甜食时向我求的婚。他没有在食物里藏订婚戒指，事后他解释说，他觉得这很可笑，而且他知道我也是这么想的，可我实际上不一定觉得这有多可笑。后来，我每次回想起这个细节，都觉得从一开始，君特和我之间就有某种误会，他高估了我们的一致性以及我符合他的期待的程度。不过在当时，他宣称了解我的好恶确实把我打动了，他的求婚方式那么简朴、庄严，非常尊重我的知识水平。还从来没有人这样看待和对待我。在你身边生活多年，我交往的大多是些艺术家、文化界人士或学艺术的学生，自命风雅、随意散漫，在他们的眼里，我就显得僵化且缺乏灵活。陪着他们喝酒，在廉价的越南馆子喝椰奶虾汤，消磨过最初的惬意时光后，因为我很难适应他们似乎终日宴饮的生活节奏，我不得不回去工作，回归我的严格作息。这些了不起的情人们，对我的古板感到沮丧，而他们的轻浮也让我尴尬。而君特呢，却会在周末开着车，带我去哈莱姆看那些在建的房屋。我喜欢他炯炯的目光，他的严谨，他方方正正的手指甲修剪得干净齐整，手背上还有没洗掉的绿色墨水痕迹；我喜欢他在工地上搬起砖头，用指节熟练地敲击大理石板，估摸它的品质的样子；我喜欢他守时、冷静，无可争辩的成熟风范，我简直没法想象他童年的样子。他好像直接从石头缝里蹦出来的一样，一落地就是长成了的样子，有胸毛，穿着带银质袖扣的衬衫。对成年人我原先一直有不信任感，但我头一次真的，对一个成年人动了心。我想，我爱上了从君特身上看到的自己，那是一个受过教育的女人形象，她理智、通情达理、谨慎又冷静。那时我刚满三十七岁，事业有多成功，情感就有多失败，我不顾一切地想变成君特口中的那个我。也许，事情要简单得多，我只是想有个人爱我。

　　隔着岁月，我如今看清楚了，选择君特，也许是因为他与你没有一点共同之处。他是个生意人，而你是个艺术家；他搞技术，你搞艺术。他严肃，可靠，稳重，敏感多疑，不像你洋洋自得。君特毫无幽默感，我一开始却把这当成了深沉。他一点都不阳光，一刻也不放松，除非是在娱乐场所：酒店、酒吧或游轮上。吃饭时他也匆匆忙忙，站在桌子一角，连盘子里是什么都不看一眼，手里用叉子叉着食物，眼睛却盯着图纸或沙盘。他不会跳舞，操纵他那些复杂的、装备高级的汽车却熟练得罕见。车上五花八门的按钮每次都把我弄得晕头转向，我能把它们开动就不错了。他雄性味很重，矮壮，多毛，永远西装笔挺，皮鞋打蜡，常备回形针、订书机，在家里放置一对伊姆斯①沙发。他父亲是个木匠，他跟着在工地上干活，攒钱支付学建筑的学费。他的钱一

① 欧洲著名椅子品牌。

分一厘都是自己赚来的，他定期查看自己的银行账单和发票，每当我想自己掏钱买东西他都会生气。他想要几个孩子，一条狗，一所在乡下或者海边的房子。他只跟同类男人交往，对他们的太太或未婚妻敬而远之。他跟任何女人都没有亲密关系，除了那几个婚前交往过的，每年他会请她们去一个昂贵的地方吃顿饭，了解彼此的状况。他热爱自己的母亲，讨厌音乐，认为周围的空间完全由线条组成。至于颜色、质地和风格，对于他来说统统不存在。仅有的那几次，我成功地把他拖到博物馆或某个画展开幕式，他双手插在口袋里，拖着沉重的脚步丈量每个大厅。我瞥见他有时会在一些画前停住，把脸靠近画面，又后退几步，大摇其头，然后又开始不停地走动。连给客人们准备的小点心都好像尺寸太小，不适合他的手指，让他心烦不已。与你共同生活了那么多年后，却嫁给这样一个人，无疑是有原因的，仿佛暗示着我太好奇或太厌烦，或是渴望给自己创造一种属于我自己的、你被排除在外的生活。

　　你没有预料到这些。在短得令人难以置信的时间里，我爱上了一个人，成了他的未婚妻，也就是说，一生中几乎第一次，我与另外一个人，有了比与你更紧密的联系。君特实实在在地取代了你。我不会再在傍晚时分来敲你的门，叫你出来喝一杯了。我在外面和我爱的男人在一起，跟我一起喝酒的是他。如果我在家，就会轮到你来徒然地敲我的门，因为我正忙着做爱，跟这个新近进入我生活的男人。他比我们略微年长，沉稳可敬，腰部有力的扭动让我母亲的雕花床垫吱吱作响。在我们阿姆斯特丹的公寓里，君特显得突兀而不协调，仿佛他太现代了。他费力地挤进狭窄的角落，从墙边经过的时候把挂着的画都弄歪了。有一天，他弄坏了一把祖母留下的督政府风格的精美的高脚凳，自己却放声大笑起来。可我没日没夜地爱他，蜷缩在他苍白的肩窝。他弄坏什么我都无所谓，只要他能把我修好。有时候做爱过后，他会睡得像块树墩一样沉。他睡着的样子很美、

很高贵，有画面感。他有一张敦实而性感的脸，像布鲁
盖勒尔①画里那些穿着敞开揉皱的粗布衬衫、手拿烟斗、
靠在小麦袋子上的农民。有时候他又完全不睡，兴致勃
勃地在床上动个不停，庞大的身体一丝不挂，双腿大张
躺在床单上，露着他处于休息状态的男性象征，然后穿
上裤子衬衣，下楼去厨房做点吃的。回来时，他一只手
端着两碟甜酸乳瓜，另一只手拎着一只大圆面包和奶
酪，腋下夹着一瓶波尔多葡萄酒，手指间还捏着两只水
晶酒杯。

　　一切都那么不同。在楼上，在你弥漫着化学气味
的画室里，你在疯狂作画。而我已离开那个世界，义无
反顾，像爱丽丝掉进了兔子洞，她要开始新的冒险了。
我不再上四楼，而是在自己的书房里工作，直到君特来
叫我吃午饭和晚饭。夜里，他的庞大身体和我娇小的身
躯无休止地纠缠在一起。我从来没有活得这样自私过。
我不再关心冰箱是不是满的，女佣有没有来过，对管理
这个我与最好的朋友同居近二十年的空间不再感兴趣。

---

① 小皮特·布鲁盖勒尔（1564—1637），文艺复兴时期比利时画家。

不，我不关心了，而且全身心投入爱情，买衣服、留长发，满心愉悦地享受情人的待遇。有了这份新的爱情滋润，一向孤僻谨慎的我，放下了所有的戒备。也许正因为如此，我直到跟君特·麦乐斯结婚之后，才发现自己起初并不知道决定嫁给他，也意味着决定了另外一件事：跟随他搬到马萨诸塞的波士顿，他在那里的一家有名的建筑事务所得到了一个职位。

我的未婚夫是否有意对我隐瞒了消息，这个我无从知晓了。但从事情的结果来看，让人无法不怀疑，这是一场不光彩的有预谋的绑架。但在当时，我却宣称对这样的安排感到欣慰：我的生活将发生天翻地覆的改变，这就是我想要的。我不仅找到了爱情，而且要跟随爱人去一个陌生的国家，这简直是为我们量身定做的蜜月，一个真实的、延长了的蜜月。可是，如果我诚实一些，我就该真实地流露出自己的愤怒，或者惊愕，因为我如此轻易地做了囚徒。我本该捍卫自己的立场，强调自己的权利：不想离开朋友，不想扔下工作上的人脉；我本该提到难以忍受的童年，跟着父亲调任四处迁徙，以便不让别人再把我指挥得团团转；我本该说我以为自己早已获得了特权，不再被迫搬迁，可以凭自己的意愿选择生活的地方，任何人都不能替我做决定。可实际上，过了很多年，我才敢说出这个单方面决定如何伤害了我。就像在童话里，藏在二十层床垫下的一颗小小豌豆，就能让那个被雨浇透了的、宣称自己是公主的姑娘背疼[1]，我与君特订婚后的所有小问题，都变成了鞋子里的沙粒，让我们痛苦，把我们引向了远不如安徒生童话美丽的结局。

---

[1] 安徒生童话《豌豆公主》中的情节。

　　我还是乖乖收拾了行李，把家整理好，举办了告别聚会。我高高兴兴拥抱了所有我爱的人，仿佛与他们告别并不痛苦。在飞机上，我狂热地读完了国会图书馆馆长丹尼尔·布尔斯廷[1]写的《美国人》的第一卷。我透过舷窗凝视星辰，和身下的大西洋。君特却像一个心里坦然的正人君子一样，靠在我肩头打瞌睡。"应许之地从未如此吝于应许。"布尔斯廷以他惯常的精炼笔触写道。

---

[1] 丹尼尔·布尔斯廷（1914—2004），美国历史学家。

在波士顿度过的那几年发生的事，我如今几乎记不起来了，仿佛是别人经历了那一切又讲给我听，而我听的时候又心不在焉。时不时地，我能回忆起，当某个波士顿朋友问我对于美国城市和生活的感想时，我用来回答的翻来覆去的那几句话。我已经分不清究竟什么是事实了，只隐约记得自己挺喜欢那个城市，它古老而庄重，是曾经的美国媒体之都。我喜欢它开放的精神，精彩的夜生活，以及暴风雪和典型的新英格兰式的偏湿润的大陆气候。起初几年，君特经常带着我在城里长时间漫步，给我讲解路上风格各异的建筑、保罗·瑞威尔①故居的钻石型玻璃窗，华盛顿街头佐治亚风格的外墙和样式独特的窗子，昆西市场的陶立克柱，意大利风格的波士顿图书馆，建成于十九世纪末、美学风格深受拿破仑三世下令修葺的巴黎林荫大道影响的南角区和后湾区，三一教

---

① 保罗·瑞威尔（1734—1818），银匠，美国独立战争时的英雄。

堂，谷物交易市场，卡明斯和西尔斯①受约翰·拉斯金②
理论启发的哥特式建筑，以及弗农街画着向日葵图案奇
特的建筑，几栋殖民时期的老屋，灰色的花岗岩，宏伟
傲慢的火车南站，装饰艺术风格的老鞋厂。为躲避纳粹
逃到美国来的欧洲建筑师们，带来了在建筑物上多开窗子
的现代风尚。君特口才很好，我很感激他常常花好几个小
时，用丰富的词汇、准确的描述和高明的抒情，把波士顿
烹饪成一道美餐，端在托盘上送给我。他让这座城市充满
了活力，尽管我不情愿，这座由逃亡的英国清教徒建立的
城市，从此也成了我的家。我们在比肯山上有一所宽敞的
公寓，我工作勤奋，很快在当地建立起工作上的人脉，给
两家美国出版社做兼职，翻译一些东西，为大洋两岸人士
牵线搭桥，我感到找到了用武之地。然而，不知是否因为
在漫长的散步时光中，君特给我看了太多他热爱的石头，
我感到自己变得有些僵硬，状态过于稳定，几乎要变成
矿物，有种无法呼吸的感觉。我把这感受讲给他听，他
微笑着回答说，那是因为我刚开始在现实世界里生活。

---

① 十九世纪波士顿的建筑设计公司，由建筑师卡明斯和西尔斯创立。
② 约翰·拉斯金（1819—1900），英国艺术家。

我跟你一起经历了动荡的、过于漫长的青年时代，现在只需适应，我也真的努力适应了，可有些令人害怕。我非常想念你，何必隐瞒呢？我没什么可以隐瞒的了。自从离开你，我就失去了所有的参照物。那么多年来，我都习惯埋头工作，因为我知道，只要推开你房间的门就能看见你，可以和你一起随意大笑，我的心情立刻就不一样。在你我的家里永远人来人往。可现在我整天形单影只，无论是在家里，还是在我后湾区租的办公室里。君特晚上回来总是带一瓶法国葡萄酒，我们两人就在厨房中央的大理石台子上吃晚饭，坐在极不舒服的高脚凳上。我都不敢说，我是多么怀念我那间老木屋，那里充满了木头的香气，空间的尺寸那么古怪，门咯吱作响。我也喜欢新生活带给我的怪异感，开始我把它当成异国情调，庆幸自己在三十七岁终于离开了，生活终于有了变化，而且还冒险远走异国他乡。可在内心深处，我却因为思念欧洲而哭泣。我想念那狭窄曲折的街道，马路上形状不规则的石板，那里办什么事都有既定的时间，一切都那么小巧可亲。这里有点太大了——这就是我想跟君特说的话。可这无疑是一个建筑师永远都不可能听见的话。

　　尽管如此，经过了最初几个星期的惊慌失措后，我重新振作起来。或者不如说，出于生存的本能，我产生了新的勇气。那几年，我格外努力地工作。事业上的成功也许让我可以无视内心的不安，有时，我对自己说，事情也许正如君特说的那样，我已经四十岁，不再是三十岁，我的生活中多了的那点苦涩，是成熟、严肃和庄重的味道。新认识的朋友催我讲我在欧洲的生活，我就讲给他们听。关于我从前的那些放任行为，我宽容地一笑了之，说很高兴这些都已经过去。在丈夫满意的目光注视下，我认真说着言不由衷的话。我说当然了，这些事又好玩又刺激，不过如今我可受不了成天不睡觉，过那种日夜颠倒的日子了。我很欣慰现在的生活很踏实，很有意义。说到底，谁愿意永远像年轻时那么愚蠢盲目呢？我们都承认，现在的我们更了解自己，那些破灭的幻想深刻地教育了我们，使我们变成了今天的样子。我们说什么也不愿回到过去，回到被完全美化了的颓废的二十岁。现在多好啊，我们终于安分下来，有能力、有自由，比以往任何时候都更自由，不是吗？天气好的日子，我们就去瑞威尔海滩，听说那是美国最早的公共海滩。君特把脸埋在一本讲瓦尔特·格罗皮乌斯[①]的书里睡着了，我吃惊地发现自己执着地盯着海平面，欧洲的方向。

[①] 瓦尔特·格罗皮乌斯（1883—1969），德国建筑师。

所谓逃跑，意味着不仅要离开一个地方，而且要去另一个地方。我答应嫁给君特·麦乐斯，并非是因为他给我打开了一扇门，而是因为我爱他。我爱他的讲求实际，他的煞有介事，他的灵巧、敏捷，他的图纸、权威，还有他的学识。我喜欢跟他一起步行，听他给我讲周遭的建筑。我也喜欢他的沉默，他的一丝不苟。而你，你更像绚烂的烟花，看久了让人疲倦。君特像一台质量精良的锅炉，发出沉闷的声音，他这台仪器比较朴素，可是更高贵、更可靠，连机械的轰轰声都让人听着心安。那么多年里，是我在安慰你，围着你转，现在我想扮演相反的角色了，轮到我被人捧在手心，让别人为我付出时间、腾出空间了。我想成为某个人生命中最重要的东西，君特毫无疑问满足了我的需求，他的稳妥可靠无与伦比。君特解决问题，你炮制问题、制造问题，让问题变得更棘手。我的工作越来越繁忙，事业一帆风顺，我需要一个尊重我的工作和才能，不拿它们开玩笑的伴侣。跟君特在一起，我能安心工作。他最敬重的就是工作，对任何工作一视同仁，我追求事业的合理愿望也不会让他感到受威胁。只是在许多年以后，当我们夫妻已经形同陌路，家里弥漫着失意和沮丧，每次触碰都变成对彼此的伤害，我开始指责君特把我当作抵押品，一个舞文弄墨的太太，只不过能让他在同行面前炫耀自己品位高雅、眼界开阔而已。我知道，他从心里为我们个性与职业上的差异感到高兴。他是同学好友中唯一没娶女建筑师，或女监工的人，他对此非常满意。他另辟蹊径，在自己的舒适区之外缔结了一桩姻缘。尽管我清楚，他那么认真地批评同行婚姻，其实是对我的赞美，是用他的方式告诉我，他无怨无悔。跟大多数人一样，当我想摆脱这一爱情故事，先把责任都推到对方身上。我从最初相识的那几个内容丰富的小时里寻找材料，用来制造阴险的武器，用当初建立密切关系的材料来打磨它，所以摧毁起爱情来摧枯拉朽。我把他说过的话反过来研究，就像把外套的里子翻出来仔细检查。我故意激怒他、侮辱他，千方百计地让他流泪，烧毁自己曾经爱过的东西。离开一个人，其实是向我们自己的一部分告别，因为那个自己已经变得太窄小、太陈旧，我们拼命地想挣脱出来，就像要挣脱蘸了内萨斯①的毒血制成的衬衫。

① 内萨斯，希腊神话中半人半马的怪物。

　　在那几年，1975到1980年间，在晚餐桌上或其他场合，有时会有好奇的人问我关于你的消息。你的名气还没有后来那么大，但在我们那个精英小圈子里也算尽人皆知。他们知道我认识你，就带着越来越大的兴趣关注你的动态。也是这些人，偶尔会把我拉到一旁，半是同情半是窥探地问我，是不是过于想念你了。我想，"过于"？如果我们想念一个人，肯定是过于，不是吗？不过，那些年里，我经常处于微醺状态，所以我只是回答说，没有啊，我们都习惯了，再说，我们一直通信，很密切地通信。我不会告诉他们说我躲在电梯里哭泣，也不会告诉他们信没有气味，没有温度，没有肌肉，总是突如其来地被寄给我，厚厚的一小包，上面沾着颜料。我迫不及待地把它们拆开，有点空闲就拿出来一遍又一遍地读。可这些长方形的纸，代替不了我最好的朋友，无法让我忘掉你的缺席。这些我都不会说，我实施严格的自我审查，除了这个我没做别的。现在我终于明白了。我用超出常规的严厉，不让自己说出我对这一切有多后悔，我应付新生活有多笨拙，我是多么不满意。君特对这些一无所知，他津津乐道地跟朋友们讲他对我的公寓的第一印象。在他看来，他救了我这个波西米亚女人。说起这些的时候，他绘声绘色，妙语连珠。有几个朋友的太太假装听得笑出了眼泪，我脸上挂着克制的微笑，很配合地扮演他派给我的孩子气女人的角色。我假装相信这个奇迹般的救赎故事，相信自己曾经天真单纯，就好像三十七岁的我，真的会成为他记忆中的那个小女孩。可是一年年过去，我心底的暗流开始咆哮，随着地面（我们的爱情）被流水冲蚀，它终于汹涌成河，淹没了一切。终于有一天，我站在君特面前，吼叫着对他说，我爱过去那一切，我知道自己那时在做什么，我一直都爱，爱我塞得满满当当的公寓，爱我与你的共同生活。我什么都没忘，那就是我的生活，我从来不想要别的生活。我说我不是什么迷途的羔羊，他遇到我的时候我就是个独立的女人，有真正的朋友，有自己的事业。我不想听他把我的公寓描述成像战场一样乱糟糟，把我过去的生活说成是错误。我心想，那你呢，君特？

我认识你的时候，你是什么人？认识我之前，你取得过什么更大的成就？你跟今天一样，只不过是个拿薪水的建筑师罢了。凭什么我的生活就比你的更值得商榷呢？我的生活哪里就少了尊严呢？那些年我的公寓里充满天才的灵感和欢声笑语，我从来不会感到无聊。

你的信让我越发悲伤。你那些长长的信，信封里装着各种小东西，羽毛啦，秋天的落叶啦。到了头一年底，你大概明白了我没打算回心转意，就开始给我寄画，一幅接一幅。我把它们都挂在办公室的墙上，仿佛你一直在那里，跟我一起，仿佛你把自己的作品寄过来，让它们看护我。有时候，某个正在跟我谈工作的人，在我找东西的时候，任由自己的眼神东张西望，我会发现他忽然眨眨眼，靠近一幅画，端详一阵，最后问道：

"请原谅我的冒昧，可……这是弗兰克·爱泼道尔的画吗？"

我给了肯定的答复，因为那就是事实。等我在心里默数到十，对方才反应过来，惊讶地睁大双眼，发现这里的一切都是弗兰克·爱泼道尔的手笔。"除了我不是。"我偶尔加上一句玩笑话，但这句话从来没有把他们逗笑过，因为那种时候没人理会我说什么，不管是什

么人，教授、印刷商、记者、朋友、作家，都要好几分
钟才能缓过神来。开始，他或她都是默默地转动脑袋，
几乎带着宗教般的虔诚，呆立在我办公室中间，扭着脖
子注视那几幅最小的画，有时鼓起勇气走近细看，甚至
拿在手里端详。我学会了像博物馆保安一样耐心。这么
多爱泼道尔的真迹，挂在一起，让人完全始料未及。我
猜人们在一瞬间会感到有点震惊。这些画又那么让人惊
奇，虽然一看就是真的，却更像是你自己的一个分支流
派，是一个全新的动物物种，全体成员都收藏在我后湾
的办公室里。在愚蠢地被一家杂志主编说服，允许他们
在那里为我拍了一张肖像后，我不得已给房间加装了防
盗设施。照片虽然是绝好的广告，却也带来了实在的风
险。它们后来被很多介绍你的书复制，因为这小小的藏
品太吸引人了。有人在某篇文章中写道，这一展示本身
就是一件作品，是爱泼道尔独具匠心的创造，其独特之
处在于，它的创作是通过一次次把画邮寄到离画家数千
里之外的地方来实现的。画家虽然没能决定每幅画悬挂
的位置，但仍然从整体上设计了这件作品。那么我，海
伦，在这个故事里，就是其中的一件工具，我是个可靠

的灵媒，因为跟你足够亲密，所以本能地意识到，不能把你寄给我的画分开陈列。而且，你显然对我非常信任，从来没觉得有必要来亲眼看看你的作品，仿佛你确信它完全符合你的期许。你常常折磨策展人，稍有疑问，就从口袋掏出一把卷尺，去量每幅画之间的距离。你还迷信，每次开展前的几天，你都支起行军床，守着你的画过夜。可你从来没觉得有必要来看看你在大西洋彼岸我的办公室里创造了什么。

　　可对我来说，使我痛苦的并不是这些——不是你卖弄机灵，用这种微妙的方式入侵我的地盘——不是。使我痛苦的是你的缺席，弗兰克，是我在波士顿的岁月里，你令人发指的缺席。你从来没来看过我，一次都没有。其他地方你都去了，威尼斯、东京、旧金山、莫斯科。你频繁地旅行，我回欧洲的时候你也经常不在。你的日程安排好像彻底失控了，结果在差不多五年的时间里，我们都很少见面。信件、包裹、几通电话、几次临时定地方的深夜晚餐，而且总是好像一眨眼就结束，没有其他的了。回想起来，似乎你是在躲避我，要么是你不想让我看见你的生活状态，你的家、你的圈子，在我们的生命中你头一次离我那么远；要么是你对我感到惧怕，要跟我保持距离，因为我是一个受了婚姻辐射的危险品，一个妻子。你的生活里显然没有给这个过时的物种留位子，即使那是你最熟悉的朋友，即使她只是左手上多了一只小小的玫瑰金指环。尽管你从未承认过，你心里显然暗暗地还有个想法，君特的妻子和你的妻子应该是截然相反的两类女人。"你真像你母亲或者是我母亲。"每当我很不幸地给你寄了几张照片，你就会回信这么说。这当然不是真的，我与母亲太不像了，我自己就知道得很清楚，我肯定不像凯特。我常常自问，你是不是想说，我已经到了我们的母亲的年纪了？在她们的那个年纪，我们开始审视她们，"看见"她们，第一次清楚地真正看见她们。是不是我的四十岁唤起了你对父母的回忆，才会让我最好的朋友这样不公平地回避我？可是后来，你变本加厉，跟奥拉乔相像的程度让人目瞪口呆。你是在某一年突然发生这个变化的，如今我已无法说清那是哪一年。不过，你起初只是极端自私地满足于排斥我。"你真像咱们的母亲，你真像咱们的母亲，你真像咱们的母亲。"这句话被你一遍遍潦草地写在信笺上，旁边画上笑嘻嘻的小人脸，好缓和它的攻击性。可是你错了。我是到了母亲们当年的年纪，这无法否认，可我绝不是她们中的任何一个，这也是无可否认的。

　　我想我有过计划，不过我后来想尽办法把它忘掉，结果如今几乎都记不起来了。我曾经想——曾经想和丈夫生个孩子。并不是因为我想要孩子，我只是觉得，那是我的义务，是我无法避免的。当然，我知道自己年近四旬，而且在四分之一世纪的性生活中从未怀过孕，但我仍然天真地认为，这个梦想我可以实现，生育对雌性哺乳动物来说这是很平常的事。于是我开始梦想有个孩子，一刻不停地想，结果，这成了我每天早上一睁眼的第一件事和晚上闭眼睡觉前脑子里想的最后一件事。我织了婴儿的小衣服，把想到的小孩名字列出来，没人的时候大声念。我一共怀过三个孩子，没有一个在我肚子里活过四个月以上。那几年，每当我听到别的女人抱怨因为孩子失去自由，没有假期，喝不了酒，我心里就涌上杀人的欲望。随着时间推移，我终于承认自己将孤独终老。我这个父母双亡的小女儿，从父母和愚蠢的兄长手中幸存下来的人，将是这一血统中的最后一人。君特用他惯常的聪慧接受了我们不能有孩子这一事实。医生宣布最终结论的那天，他带我去我们最喜欢的餐厅吃饭，对我说，他爱我，并不需要非跟我生孩子不可。接下来的几周里，他天天让人送花到我办公室，各种各样的花，直到我告诉他不要再送了。君特是一个我可以跟他说这种话的人，他也是个会理解的人。他再也没跟我提起过孩子，有时候我甚至怀疑，他是为了不让我想起幻灭的痛苦，所以避免在我面前逗孩子玩。我想说的是，不育并没有拆散我们，至少，在当时我们已经由于其他原因而貌合神离的情况下，不育并没有雪上加霜。我们也许可以一直这样过下去，和平相处，尊重彼此的自由，住在同一所房子里，各自有成功的事业。我们都已进入或过了不惑之年，有丰厚的收入、有热爱的事业，生活在一个那么棒的地方。可是我开始往外跑，也就是在那个时期，我开始跑步。这年的十二月，约翰·列侬在回他纽约达科塔大楼的寓所时遭到刺杀。我周围到处回荡着他的歌声。"我梦想着回到过去，我的心脏剧烈地跳动。我失去了控制，失去了控制。"

　　在波士顿的第五个年头，我开始听到一些奇怪的传言，说你许多次怀里抱着一个孩子出现在别人面前。人们似乎急切地想把这些传言送到我耳边，不同版本的说法从阿姆斯特丹越过大西洋，向我传递着一些相互矛盾的细节：有人说那是个女孩，有人说是男孩，一会儿两岁左右，一会儿四岁。但所有说法都确认了一个事实：爱泼道尔王国里出现了新情况。

有人不知从哪儿弄来了一些你和孩子的照片，还有一个人把它们寄给了我。在用二十三岁生日时你带着戏谑地送我的那柄镶金框的放大镜仔细看过照片后，我明白人们的反应为何如此强烈了。那孩子，一个男孩——我的判断后来被证明是正确的，简直就是你的一个微缩版。他有你的绿色眼睛、褐色头发，神态与你如出一辙。好几张照片上是你们一同出席晚会或画展的开幕式，你们两个，怎么说呢，彼此相像到令人震惊的程度。那孩子虽然一身童装，穿着带条纹的T恤或圆领衫，年龄应该不超过四岁，却有异乎寻常的镇定和神秘。其中有张照片我特别喜欢，你坐在书桌前签署什么东西，小男孩趴在地上，用荧光笔在一张白纸上画着什么。从前的旧相识纷纷打电话向我探听究竟，可我提供不了任何信息，我自己也处在震惊中。我不敢把自己暗暗觉得最有可能、同时也最会令人不齿的猜测说出口——你用一种我不知道的方法给自己弄到了这个人见人爱的复

制品，作为你的新装饰，这不过是你管理形象的又一个
策略而已。这招实在太有效、太巧妙了，我都忘了只有
一种情况才能制造这一效果——事实。在无数次冥思
苦想、彻夜难眠后，我终于拨通了越洋电话。要找到你
并不容易，电话打过去始终无人接听。在尝试了数十
次后，我终于听到了你的声音，都还没来得及自报姓
名——你从来都能在瞬间听出我的声音，我就问你：

"弗兰克，这孩子是谁？"

"当然是我的孩子。"你只回答了这么一句。

　　那天我们通话长达两个小时，你讲了很多事情。小男孩名叫路德维克，母亲是个年轻的德国芭蕾舞演员，叫弗莱佳，三年前你与她有过短暂的交往，当时你对她怀孕一无所知。她发觉自己怀孕时已经与你告别，随团上路奔赴巡演，于是放弃了知会你的打算。她独自抚养你们的儿子，带着他一起在欧洲各地为工作奔波。直到最近，你意外地收到弗莱佳母亲的信，才知道你有一个儿子，并且弗莱佳在家中死于意外——实际上是吸食海洛因过量。震惊之下，你表示想把孩子接来，你去萨尔布鲁克见他，第一眼就喜欢上了他。你办了手续，承认他是你儿子，带他回了家，事情目前就是这样。你告诉我，你们的重逢——或者不如说相逢，你略微激动地笑着更正说，进行得很顺利，你们俩在一起非常开心。

　　"我觉得自己很久都没这么开心了。他讲的是一种英语德语混在一起的奇怪语言，我估计是跟弗莱佳到处巡演时东学一点西学一点，结果听上去像他自己创造出来的语言，他有一种无法描述的口音，简直奇妙极了。
他完全不在我的人生计划之内，但现在我要照顾他。"

你滔滔不绝地说着。数千公里之外，我蜷缩在君特
在结婚三周年时送我的黑色丝绒沙发里，静静地听着，
被你的故事迷住了。结束通话之前，你邀请我去探望你
们，认识一下小路德维克。就这样，我毫不迟疑地买机
票飞到了阿姆斯特丹。

　　你们一起来机场接我。我第一次见到的路德维克将
永远留在我的记忆里——一个小小的男孩，乱蓬蓬的褐
色头发、绿色眼睛，看着我走近。等我走到他的跟前，
他用细小的声音问道：

　　"你是我妈妈吗？"

　　我明白你的意思，弗兰克。两个月前，在萨尔布鲁克，孩子的姥姥把他交给你时，他的行李里只有一本书，伊斯特曼①的那本名著，书中有只小鸟满世界找妈妈，依次向猫、母鸡、狗、奶牛、轮船和飞机问："你是我妈妈吗？"所以那句话并不是提问，只是一本书的书名。我知道。那本书，我自己就为你的孩子朗读过几十遍。我一次次地想，他怎么会有这么一本书呢？为什么弗莱佳死后，人们没把这本书从他手上拿走？相对他的个人经历，书的内容不是太痛苦了？"我在哪儿呀？"小鸟问。"我要回家！我要我的妈妈！"大声给一个三岁的半孤儿读这些句子，读了一遍又一遍，还要忍住眼泪。我扯远了，弗兰克，我想说的是，我记得你给我的解释："那是一本童书的书名，路德维克特别喜欢那本书。"他不是在问我，只是在重复那本书的书

---

① 菲尔·伊斯特曼（1909—1986），美国著名儿童文学作家、漫画家。

名。可你明白，不管怎样，我无法把画面从脑海中抹去。有一天，在史基浦①宽敞的大厅里，一个与你一模一样的小男孩问我：

"你是我妈妈吗？"

在那本书的最后一页，小鸟找到了妈妈。奇怪的是，妈妈问他："你知道我是谁吗？"小鸟骄傲地回答："是的，我知道。我知道你是谁，你不是一只猫，不是一只母鸡，不是一条狗，不是一头奶牛，不是一艘轮船，也不是一架飞机。你是一只鸟，你是我的妈妈。"

---

① 阿姆斯特丹国际机场。

　　我们出了机场，坐出租车到你的住处，那大概是我走后你独自租赁的第十一处公寓。你和路德维克在那里已经住了两个月。他有自己的房间，是一间光照很充足的大屋子，墙上贴满了你剪下来的图画，非常好看。这还不算。孩子的房间像漂亮整齐的梵蒂冈，被包围在你像战场一般乱七八糟的日常栖息地里，看得我目瞪口呆。你雇了一个人做家务，一个自认为是你门生的大学生。你显然什么活都能让他干，除了洗涮。你没有保姆，因为你很得意自己能照顾儿子，可实际上你根本腾不出时间来做这件事。大多数时间你跟从前一样，在画室里听着音乐作画，而路德维克就毫无头绪地在你身旁瞎转悠。而且你的客人太多了，没完没了的晚餐、饮酒，推门而入的朋友、登门采访的记者络绎不绝。那可怜的小男孩被搞得惊慌失措，怯生生地捏紧手上被咬得露出笔芯的彩色铅笔和扯破了的长毛绒狮子。在那之前，我对我走后你的生活状况没有任何概念。虽然你每次搬家都会告诉我你的新地址，也会写信给我讲你的活动，但这么长时间以来，我听到的都只是你的一面之词，我低估了这些年你我之间生活方式上的差异。不管怎么说，与君特的共同生活仿佛使我的人生有了一副结实的骨架，我本来就是咱们俩之间最严肃认真的那一个，在他身边就变得更有条理了。将近十年时间里，我不需要围着你转，我把这时间用来让自己运转得更高效、更准确了。到你家的那天，我坐在厨房里，一开始感到强烈的不适，但我的保护者意识逐渐复苏。两杯红酒过后，我开口道：

"这可不行，你总不能像我们父母当初养我们那样养你儿子吧？让他就这样跟着你颠沛流离？他可没要求这样。你有义务让他过得更好。"

我提到父母的时候，你的眉头皱了起来，我知道击中你的软肋了。

"好吧，"你回答道，"不过你有什么好建议呢？这总归是我第一次养孩子啊，我也不知道怎么做才合适。"

"首先你得搬家。这里太混乱了。你们有什么地方可以长期居住吗？"

这时，你第一次跟我谈起了诺曼底的房子。

　　六年前，你一时冲动买下了那所房子。那天，你独自开车从潘波勒回来，又一次因与母亲争执而气恼，不知不觉中偏离了大路，开进了诺曼底乡间。你咬着牙行驶在佩尔施①的小道上，远远瞥见前方高地上房屋出售的牌子，于是决定去看看。你说你纯粹是为了换换心情，好让自己暂时放下从凯特那里带回来的满腹怒气。房子的状况很不错，周围是一片足够开阔的空地，与邻居们互不干扰，离镇上只有十二公里左右。房东夫妇一边带你参观房间，一边给你介绍了这些情况。底层有一个厨房、一间带壁炉的客厅、一间餐厅，窗户很多，窗外是青草覆盖的斜坡；二层有两个浴室、六个向阳的卧室；三层还有布置好的阁楼间。除了主屋，还有两个附属建筑：一个杂物棚，后来我们用来堆放取暖的木柴；一座宽敞的木结构谷仓，那里后来成了你的画室。你告诉我说，就是那个谷仓让你下了决心，而且，整个物业的要

_____

① 位于法国诺曼底地区。

价也非常合理。参观过后，你在喝完房东递给你的第二杯奶茶之前就报了价，回到阿姆斯特丹你就给公证人打电话，买卖很快就这样敲定了，你只不过在寄来的文件上签了几个字而已。起初，你打算定期来你的新属地盘桓，买它的时候，你想象自己独自开车来这个秘密避风港，每个月把自己关在谷仓里一礼拜，心无旁骛地工作，然后带上一堆美妙绝伦的画作回城，边开车边轻松地吹着口哨——可这样的事情并没有发生。你陷在上流社会的灯红酒绿里，忙着展览、旅行、聚会，你设想的计划从来没有实现过。你常常在第一缕晨曦出现的时候，对聚会的同伴们许诺，要带他们去过一个难忘的围在壁炉边的周末，就着炉火啜饮陈年的法国利口酒。而你的女人们，所有的女人，无一例外，都在你的暗示下憧憬着鲜花铺陈的房间里，情浓似火的二人世界，伴着诺曼底的瓢泼大雨，还有美味的苹果馅饼——可最终你也没有带任何人去过诺曼底。其实你差不多把那处房子都忘了，直到我提醒你，为了你儿子，考虑应该离开大城市，你才想起自己在诺曼底的森林中还拥有一处遗忘的房产。我们匆匆忙忙地去考察过后，我建议你带着孩子到那里生活。

我不知道在整个过程中，我们是在哪一个时刻做出决定，我要与你们同行。也许我们并没有真正地决定过，这种模糊成了日后问题的根源。就这样，1981年初，我在阿姆斯特丹逗留了两个月，帮你打包装箱，向大家告别，料理搬家诸事。我们买了家具、床上用品、锅碗瓢盆，最后，没有任何商量，我飞回波士顿，向君特宣布我要离开他，跟你和你儿子一起去诺曼底乡下生活。

　　我们的婚姻已摇摇欲坠多年，我在欧洲逗留期间的分离使我愈加相信，我们已经没有未来。当然，事情其实更复杂、更神秘。再次与你同在一个屋檐下，即使只有几个星期，你那乱糟糟的公寓里的生活，对我而言却有着难以言表的甜蜜，我仿佛终于能大口呼吸。多年来，我第一次感到自己找到了位置，彻底做回了自己。我认为自己对这件事有某种责任，如果我不是自顾自去结婚，扔下你自生自灭，一切都会不同。如今我能做的最好的事，就是留在你身边，帮你抚养你的孩子。除了我，还有谁能够或者应该待在你身边呢？毫无疑问，我是在给自己编故事了，夸大了自己的重要性，让自己变得不可或缺。在我的想象中，离开我的保护，你自己永远都搞不定抚养孩子一事，路德维克会在一群毫无生活能力的继母中长大，只有我才能制止她们的侵害，让孩子健康成长。然而从某种意义上说，这也是事实——只是我们当时还不知道我为了这一切能做出什么。我的错误也许在于把这当成理所当然。那时，在我看来，我该做的选择一目了然，那就是离开我丈夫，跟你一起去法国，去那个我一无所知的地方生活，担负起抚养一个不是我的孩子的责任，全身心投入这与往日如此相似的新生活。当然，如果我对自己当时的生活状态满意，我可能会做出全然不同的决定——然而情况恰巧不是那样。往返诺曼底看了房子之后，我就做出了决定。像很多人一样，我对法国的了解仅限于巴黎，但我第一眼就爱上了诺曼底。我梦中的家就在那里，那个我在波士顿有大玻璃窗的豪华顶层公寓里如此渴望过的家。那是一座百年老屋，有修短的树莓丛，还有一口井，许多隐秘的角落和浓密的树荫。正面的外墙上爬满了蔷薇，四处原野一望无际。我非去不可。可其实你也很高兴——你松了一口气，感到欣慰。我又一次奇迹般从天而降，来救你于危难，就像二十五年前，我使你得以逃跑到阿姆斯特丹。这次我来帮你担起你的新责任，时机恰到好处。在我们为搬迁做准备的那几个星期，你把我像一面旗子一样，挥舞到遇到的每一个朋友面前，兴高采烈地宣布：

"海伦回来了，她来搞定一切！"

你孩子气地以自我为中心，对不直接关系到你的事情一概乐呵呵地视而不见。你忽视了一个要害问题：我回到你身边的真正原因是什么？你只看到自己的好处，想到我回来"搞定一切"你就心满意足了。但你似乎从来没想过，我为什么以这样决绝的方式，离开给了我五年平静美好的婚姻生活的丈夫，离开我有自己事业的国家，抛下我的美国生活，来做你的玛丽仙女①。这比较像你能做出来的事情，比如不假思索在诺曼底买房子。因此，你觉得我这样做也很正常，没觉察到这跟我惯常的行事风格有多不符合。对我来说，这只能意味着一件事：我有充分的理由才做了这样的决定。

---

① 英国小说《玛丽·波平斯》中的人物，该书讲述仙女玛丽来到人间当保姆兼教师，帮助两位小朋友和父母享受天伦之乐。

多年来我从未停止对你的思念，希望能重新在你身边生活是一个因素。另外，我的婚姻无可挽回。我才四十二岁，心灰意冷为时尚早，这就是我的想法。我曾经全心全意步入婚姻，可结果非我所愿。再说，你也知道，我是个守旧之人，尽管经过多年努力，波士顿在我眼里终于有了一丝魅力，可一旦碰上我在心里扎根已久、对与你那么多年的共同岁月里点点滴滴的眷恋，这点魅力，立刻像阳光下的雪，顷刻融化，无影无踪。对我来说，思念始终是一种信仰。不过，其中还有一个新的因素。出于无法解释的原因，命运给了你我不顾一切想得到的东西：一个孩子。你对母亲这个概念是如此恐惧，我从来没听到过你用任何一个与母亲有关的词汇。你厌恶所有的母亲，也厌恶自己的母亲。种种往事，弗莱佳的死，无疑是你能得到一个孩子的唯一机会。即使我来跟你们一起生活，即使我们三人投在佩尔施公路上的影子看起来像其乐融融的一家人，你也绝不会想到，我是为了你的孩子而来。正如童话里的仙女会趁着黑夜来调包，抱走摇篮里的小孩子，用自己可怕的后代来代替；我此行的目的，是要用不育的痛苦和失败的婚姻，来换取你阳光灿烂的生活里的一个暖洋洋的位置。

我宣布要离开君特的时候，他没有表示反对。我没有通知他就出现在公寓里，直接进了卧室，开始收拾我的行李。回想起来，我为自己的急不可耐感到羞愧。无论如何，那是我丈夫，一个我自愿嫁给他的、有魅力的男人，我本应该以更体面的方式离开他。那天他下班回到家，进了卧室，看见我把自己的东西胡乱往行李箱里塞着，便勉强笑着问我：

"你这是要去哪儿，海伦？"

"去诺曼底。"我回答。

"那么，是去找弗兰克了？"

"是的。"

君特连嗓门都没提高，用他惯常的方式说了几句表示遗憾的话，令人动容。有那么一瞬间，我想到，与多年前我决定嫁给他时你的狂怒相比，君特的态度是多么有风度。但我随即把这个想法抛到一边。我已经决定要回来和你一起，重新掌握我的生活。我沉默着收拾好我的东西，叠好衣服，把书装进纸箱，离开了那个家。

到阿姆斯特丹一个星期后，我们正在忙着处理搬去诺曼底之前的最后一些具体事项，我收到了君特的来信。

海伦:

人们通常不记得，有了电梯之后，才能造摩天大楼。电梯的事情，说来话就长了。不过，既然你走之前没有征求我的意见，那我就自作主张给你讲讲这件事。当然，你可以不读这封信。你想怎样就怎样，正如你向来的那样。首先，阿基米德发明了绞车。随后，公元前80年，罗马人已经会使用升降机，把角斗士和野兽运送到角斗场地上。再后来，到了十九世纪中叶，汤姆逊发明了水力升降机，但直到1852年，伊莱沙·格雷夫斯·奥的斯①才在纽约州南部的杨格斯发明了安全的

---

① 伊莱沙·格雷夫斯·奥的斯（1811—1861），美国发明家。

电梯。五年后，第一台样机在法国一家陶瓷玻璃店里启用，奥的斯随后继续改进他的机器。这项新技术让高层建筑效用大大提高，房屋的高度显著增长，但由于砖结构的缘故，仍然不能超过十二层的限度。然而，从1885年起，随着金属构造的出现，建筑师们从此可以放开手脚了，有了电梯，再高的建筑也没有问题。你肯定在想我到底想说什么，同样的道理，我认为，是你让弗兰克成为可能。然而，恐怕没有人会记得你，正如人们忘记了电梯，只记得摩天大楼一样。

别了，我的爱。

诺曼底

"我们要在这里住了吗？"搬入新居的那天晚上，路德维克坐在他新房间崭新的小床上，严肃地问我。

"是的。"

"为什么？"

"因为我们觉得这样好。"

"我们是谁？"

"你爸爸和我。"

"我们三个人要一起住了吗？"

"是的。"

他沉默了一会儿，仿佛在琢磨这消息是否确切，然后又问道：

"为什么在这儿就好呢？"

路德维克对新环境或许又焦虑又好奇。而那天晚上的我，只有满心兴奋。白天一整天我都在忙着用刀打开纸箱，把东西归置到几个星期前运到的家具里。我爱房子里的一切：古老石头的味道，新鲜木器的味道。那些房间，在思想上已经归我了，由于我两手抱满东西，所以我用脚步丈量着它们。房子看起来比我第一次来参观时要漂亮。现在，我坐在床边，那是我从产品目录里为路德维克精心挑选的，那是一张箱式童床，有宽大的抽屉，我想象着他会把自己最宝贝的东西藏在那里。我俯身爱抚着他的头发，心里无比愉悦，仿佛自己无所不能。可他太小了，我没法给他讲我们的故事，你和我的故事，他还不能理解。我们在这个奇妙的地方相聚，这是何等的奇迹。孩子向我提出那个问题的时候，我在脑子里寻找合适的答案，一个能让他安心的答案。我像做梦一样任自己的眼神漫无目的地投向窗外，道路尽头的佩尔施森林，春天里郁郁葱葱的树，让人见了就舒坦，于是那句话几乎脱口而出：

"因为这里有树。"

这是我的原话。

搬入新家的第一个晚上，我听见你敲我的门。

"海伦，是我，给我开一下门好吗？"

我跳下床给你开门。你只穿着睡裤，赤裸着胸膛，微笑着，牙齿在黑暗里闪着光。我后退一步让你进来，你紧紧抱住了我。我瞬间回忆起了一切：我受伤的十六岁，你在使馆的房间，阿姆斯特丹，大豆的香气，意大利之行，那年我们二十八岁；你的肌肤，你俯身抱我去床上时头发的味道。是你。真的是你，弗兰克·爱泼道尔，我最好的朋友，我的心肝。我们有二十多年没有做爱了，时间仿佛停止了一样。到达顶点的时候，我的高潮像一口巨大的青铜钟在回响。

　　接下来的几天里，我总是忍不住地端详你。你身上的气味没变，可是嗓音变了。你喝酒比以前多，不过不再抽烟了——只是偶尔，躲在花园里偷偷过过瘾，自以为别人看不见，但我能在黑暗中看见烟头的那一点亮光。我不明白你为什么会有这些变化。但你真正的变化是精神上的。五年前我飞往美洲，离开弗兰克时他才三十多岁，充满激情，艺术创造力处在巅峰，如今我再见的这个人年过四十，有着中年人的狡猾、古铜色的皮肤，举动审慎，喜欢光脚。我回来跟你共同生活时，并没奢望要跟你发生什么伟大的爱情——我没有这样想，但我也许从第一夜的亲密中看到了好兆头，还不止于此。我就像一个讨爱的乞丐，绝望地期待别人的触摸。不过，真的，我确实是怀着恶意看你跟小保姆调情的。我们有时会叫她傍晚来照看孩子，好有时间在各自的书房工作一会儿。那是个当地的女孩子，胖乎乎的脸颊，几乎还是个少女，是邻村面包师的女儿。她叫艾尔莎，

路德维克管她叫莎莎，所以我们也叫她莎莎。我不知道
为什么要跟你说这个。有好几次，我看见你在洒满阳光
的露台上跟她讲话，然后牵着她的手，带她去画室给她
看你的画，有些画是你在她出生前画的。每当那时，我
就对你产生一种怜悯，因为她对你一无所知。从书桌对
面的窗子，我能看见你试图跟她解释什么，从你的唇形
上，我看出你在说："我是弗兰克·爱泼道尔，我是个
画家，这是我画的。这个，还有这个都是。"然而她什
么都不懂，只是安静地冲你微笑，仿佛是为了补偿你。
其实她不必知道你到底是谁就会乖乖当你的听众——
你英俊潇洒，四十三岁的你魅力不减当年，依然精力充
沛，显示出一种独特的风度。或许还因为，你在她从来
没离开过的家乡拥有这么一处大宅子，这给她留下了深
刻的印象。凡此种种足以说服她遵从你的旨意，尽管她
什么都没明白。你的体重略有增加，因为搬到乡下后你
不得不停止嗑药，但当时我并没有清楚地意识到这一
点。令人心惊的是，你越来越像你父亲，但又还是原来
那个弗兰克，一个任性的孩子，或者是一个国王，不记
得把拉开的抽屉关上，随便把面包屑撒在地上，叫你吃

晚饭时你从不应声，别人说话你不耐烦，总是说自己一心想着的东西，把各种表格文件四处乱扔，指望我把它们捡起来的时候顺手替你填了寄走。你跟从前一样固执，咳嗽的时候不肯看医生，身上的裤子被颜料浸得变硬发脆，膝盖一弯就嘎嘎作响，但还是不愿换下。你不肯洗头，不未雨绸缪，不考虑周围人的感受，然而你性情中的这个缺陷却成了我的避风港，从我十二岁那年起就是如此。没什么让我更觉得亲切熟悉了。每当我在家里到处捡你随地乱扔的东西——鞋子、画笔、税单，然后把它们一一放回原处，我内心就有一种强烈的愉悦感。只有我才知道每样物件在什么地方。向来如此。是我，只有我，才有权决定它们该在什么位置。我告诉莎莎，以后她不用再来了。

　　我们在诺曼底的那些年，还发生了一件重要的事情——你开始画森林：橡树、山毛榉、栗树、槭树、樱桃树、椴树、白杨、千金榆、花楸树、白桦树、柳树和接骨木、榛树、苹果树和野梨树，还有去采蘑菇时你久久凝视的土地。你先用铅笔画了一些长方形的腐殖土、枯叶、小树枝、昆虫，还有冒失的鸟儿落下的羽毛。然后画风景。我开着我们的旅行车穿过乡间小道的时候，远远地望见你在丘陵那边的草地上支起画架。起初，你在放牧奶牛的地方，从远处望着森林。时间一周周过去，你一步步走进森林深处，先是在最外围的树木，然后进入林子里，再到林间空地，最后来到整个林地最中心的位置。已经很久没有人这样郑重其事地在画面上表现大自然了。从前有库尔贝①，弗朗什-孔岱的幸运儿，他用不可思议的笔触描绘过橡树和其他令人惊异的风

---

① 居斯塔夫·库尔贝（1819—1877），法国写实主义画家。

景，是第一位以自然为主题的大师；之后过了很多年，又有了凡·高笔下的柏树，然后是克林姆特①的荆棘，莫奈②的白杨，蒙德里安③的苹果树，而现在是你，弗兰克·爱泼道尔，你像被魔鬼附体一样，天天一早就带上颜料盒出门，把自己裹在派克大衣里一言不发，胡乱揣一块三明治，任由它在深深的口袋里颠簸成碎块。晚上回来的时候，你头发里夹着些干枯的枝叶，身上有一股好闻的烟味。单是看见你穿着胶皮靴好像就足以让我感到踏实——这是新生活的象征，这种鞋在你以前的生活中是绝对不会出现的，那种与现在反差巨大的生活已被你抛在了阿姆斯特丹。二十五年前，我把阿姆斯特丹像一件精美的礼物一样摆在托盘上送给你时，并没有预料到后来发生的一切。这双鞋子仿佛在说"我在工作"，还说，那些年轻模特啦，早上就开始喝的鸡尾酒啦，没完没了的聚会啦，一切都结束了。如今对我来说，这比什么都重要。我们把厚厚的黑面包翻过来，先划个十

---

① 居斯塔夫·克林姆特（1862—1918），奥地利象征主义画家。
② 克洛德·莫奈（1840—1926），法国印象派画家。
③ 皮特·科内利斯·蒙德里安（1872—1944），荷兰画家。

字，然后再切开，抓几把盐撒在肩膀后面，用来驱魔辟邪[①]。我们默默地往壁炉里添柴，在炉火上煮红酒水果。如今我们指甲缝里塞满泥土，夜夜睡得安稳深沉。我们有玫瑰干花，厚厚的书籍，夜间吱吱作响的床。那么多年过去，你变了，变了很多。可是在诺曼底的那些日夜里，在我的眼里，你又越来越像你自己。你有点变回了我多年以前认识的那个少年，沉默、激情、不顾一切、执拗倔强、健康得让别人恼火。我仿佛是用一根绳子，艰难地拉了许久，才一点一点把濒临溺水的你拉回到我身边。我为自己在做的事情骄傲——我把你拉回了安宁之乡，我自己也是，我也回归了安宁。虽然我从未说过——也许只是因为，在我们的隐居生活里，我很长时间除了你和小路德维克没有任何人可以聊天，但我能感受到这种安宁给我带来的巨大喜悦。我的内心像深山里的湖水一样清澈。我从容应对日常生活，不，比这更好，我是在创造生活，而不是忍受生活，我似乎已经很久不再忍受生活了。这与我在波士顿时的状态反差是

---

① 西方传统，认为在面包上划十字和撒盐可以辟邪。

那么大，我感到自己似乎大病痊愈，卸下了重担，找回了青春。我用手把白铁模子按在做馅饼的面团里，做成小兔子，然后和路德维克一起，用细细的刷子，蘸上食用颜料，给它们涂上颜色。我自己动手在花园里种花，把拇指伸进松软、肥沃、巧克力色的土里。当我披着雨衣，围裙也没有脱，跑到你的谷仓画室来敲门叫你吃午饭的时候，我心里感到不可思议的愉悦，仿佛终于找回了我生活的主线，仿佛眼前这扇百年老橡木门，和你在阿姆斯特丹的第一个画室门口的日式木牌，并没有那么远的距离，也没有隔着那么多时光。在谷仓里，你的调色盘不断变化，金色和石榴色代替了最初的蓝和绿，秋天到了，路德维克四岁了，他在收集植物标本。我们很幸福。

"所以我没有早些来这里定居，"你说，"我那时还没准备好做这么浩大的工作，但我知道它在这儿等我。"

1982年，也就是加西亚·马尔克斯①折桂诺贝尔文学奖那年，我们庆祝在乡间度过的第一年。周年纪念日那天，我花了一整天时间炖了一道红酒牛尾，那是你最喜欢的罗马美食之一。我用了牛尾、咸猪肉、香芹和葡萄干。我给路德维克一本他喜欢的毕翠克丝·波特②的插图书，早早打发他上床。我在餐桌上铺上一条华贵的亚麻桌布，换上低胸晚装，打开一瓶红酒。我们享用了两人晚餐。

"这一年过得不错，对吧？"用甜食之前，我怯生生地问你。我特意点燃的两支蜡烛，从银烛台上洒下柔和的光。

"过得很棒，"你边说着边把椅子往后一推，舒展开双腿，"你让咱们搬到这里来真是做对了！我从来没

---

① 加西亚·马尔克斯（1927—2014），哥伦比亚作家，著有《百年孤独》。

② 毕翠克丝·波特（1866—1943），英国儿童文学作家。

这么好地工作过。"

"路德维克看上去也很好，你不觉得吗？"

"是啊，自从我们到了这里，他很高兴。看到他这样真是让人放心啊。你知道吗，你为我们做了这么多，我真的怎么感谢你都不够。"

烛火给我的脸蒙上了一层金黄色，我想，你没有发现我红了脸。

"那你知道他为什么叫路德维克吗？"

"他母亲喜欢贝多芬。"

"你怎么会知道？"我又惊又喜，"你跟她只不过是一夜之缘啊！"

"事情不全是这样的。"

"可你不是告诉我……"

"我知道，当时我觉得那么说比较简单。不过，我没有把事情全告诉你。"

你看着我：

"如果我现在告诉你，海伦，你能不能替我保守这个秘密？"

"我不是你最好的朋友吗？"

于是，在杯盘狼藉的餐桌旁，你告诉了我故事的真实版本。两个版本最大的不同，是你与弗莱佳并不是一夜风流，她也没有向你隐瞒怀孕的事实——你与她交往过好几个月，并且在阿姆斯特丹同居过。但得知她怀孕后，你就离开了她。你第一次讲到这里的时候，我不确定自己是否听懂了你的意思，我记得自己感到难以置信，于是追问你：

"你离开她是因为她吸毒，是吗？"

"不是，不是的。"

你笑起来，然后说：

"醒醒吧，海伦，那可是七十年代。我不知道波士顿什么情况，不过在欧洲，如果你要跟吸毒的人都断绝关系，最后你就没什么人可交往了。我离开她，是因为我不想跟她有孩子。这我跟她说过，我态度很明确。她想跟我耍花招，不过我可不会任她摆布。"

"那就是说，路德维克出生的时候你知道？"

"是的。"

"那你也不想去看看他？你没去跟她谈谈吗？"

"没有，我已经跟她说清楚了。"

　　虽然红酒与白兰地已使我眩晕，但醉酒不足以消除你说的话带给我的震惊。我在波士顿无望地想让自己怀孕的时候，你却抛弃了你无心插柳孕育的孩子。你一开始就知道路德维克的存在，你选择对他视而不见。这个无与伦比的孩子，我这样深情地爱着他，你却毫不犹豫地把他拒之门外。

　　虽说这是个有毒的秘密，可你把它告诉了我，这又一次让我感到自己做了正确的选择，因为你需要我，路德维克需要我。我想，我内心的一部分其实下意识地知道，从一开始就知道，我根本就不该跟你们在一起，这里并没有我的位置，我来到此地是出于罪恶的原因。所以，现在我发现你跟我一样，也有秘密需要隐瞒，这让我高兴，让我安心。突然之间，所有的一切像电光石火般展现在我眼前：石头房子、绿野、幼童、堆满画的谷仓、你、你那灾难般的谎言、你对那年轻女人和你们的小宝宝做的可怕的事、你今天说的所有这些可怕的话，还有我，我脑海中那一片混乱，我所有的坏念头。我们旗鼓相当了。偶尔一瞬间，我会觉得我们成了两个父亲的复制品：我们跟他们一样，也是为了很不好的理由而生活在一起。如果说二十岁的时候我们都习惯自欺欺人，假装自己是另一种人，如今你我都年近五旬，是面对残忍真相的时候了。告诉我关于弗莱佳和路德维克的

真相的时候，你没有企图让我以为事情没有看上去那么
严重。你其实已经没有为自己开解的需要了，因为你是
弗兰克·爱泼道尔。多年以前，你就已经不需要委屈自
己做不想做的事情了——这些年来，你没有被迫做过任
何事。甩开弗莱佳，把一盘难吃的菜退回厨房，或在电
话上跟对方说谎，只因为到最后一刻你都不想赴约，这
些又有什么区别呢？你已经明确地跟她说了不，告诉她
如果要孩子，她就会失去你。你甚至建议出钱让她去堕
胎。如果是钱的问题，你会给她钱，当然了，你肯定会
给她赡养费。可她没留下地址就消失了，而你并不想为
了找她而显得自己前后态度不一致。至于后来她居然死
了，扔下这个可爱的男孩孤苦伶仃，这可不是你的错。
你在讲这些的时候，仿佛要给自己打拍子似的，一遍遍
地重复，我不想跟弗莱佳成家。我呢，现在明白了，你
这句宣言听在我耳朵里，就如同是说，跟弗莱佳你是不
愿意的，可是跟我，海伦，你愿意。

　　十年过去了，我们还住在诺曼底。我已经五十多岁了，但仍然光彩照人。每天早上一醒来，我就跳下床去做体操。我在房间的房梁上装了一根吊杆，用来拉伸身体。每天我都去周围的林子里跑步一小时，风雨无阻，我跑得很快。长时间奔跑是人类少有的不会随着年龄衰退的天赋之一，这是先民们不经意间留给我们的遗产。他们必须持续奔跑数公里，才能把野兽追得精疲力竭，然后捕获它们。因为我们是唯一能靠流汗来调节体温的哺乳动物——早期的狩猎采集者们并不比他们要应付的羚羊或野猪更强壮，但他们能够连续几个小时追踪它们的足迹，全部落的人，男人，女人，儿童和老人，一起长途奔袭，直至猎物倒下的地点，最后全体聚集在狩猎活动终结地，分享盛宴。数万年之后，在法国的一个森林里，五十多岁的我在沿着精心铺设的柏油路奔跑，呼吸平稳，我觉察到自己全身的肌肉都被调动起来，能感觉到自己的脚掌和灵活的脚趾。我腹部平坦，大腿紧绷。周围树叶簌簌作响，飞鸟在盘旋，有树枝断裂时发出咔咔的声音，硬实的果子从树顶坠下，砸在地上又弹起来。要饱览一座森林的美景，最佳的位置是它的边缘，在那里目力所及，似乎能看到林子的最深处，日光透过小树枝洒下斑驳的树影。这座森林有某种原始的气息，里面有大片的黄杉和生长了数百年的橡树。我常常觉得，随时会有穿着厚重皮毛、举着兵器的武士在林间出现。波士顿的一切已被我抛诸脑后，双脚踩在欧洲的土地上，似乎让我从长长的迷梦中醒来。我精力充沛，码木柴、剪灌木、采摘果子，我感到自己强大、完美——也许因为这就是事实。不过还有另外的原因：再一次和你住在一起，重续我们多年的共同生活，使我忘记了自己的年龄。从某些方面看，我们还是从前的那两个孩子，我们的友谊——这个字眼听上去好怪异，仿佛把我们冻结了，把我们困在一段无法逾越的时间里，动弹不得。

跟你在一起把我拉回了童年，用我无法抗拒的方式，让我失去做一个合格母亲的能力。我们有一个孩子，可不知道怎么对待他。再说了，谁也没有教过我们任何关于孩子的事。我们自己在童年时被粗暴对待，没有得到温柔的爱，后来各自生活时也没有跟孩子打过交道。有时我想，这大概就是我们在孩子问题上如此失败的原因。我们是路德维克唯一的亲人，我们的所作所为却对不起这个身份，原因来自我们自身。我发誓，我已经尽力了，可内心深处知道，我的所谓尽力没有任何价值，我无论如何尽力，都是不够的。我有什么可以教给别人的呢？我虚弱无力，愚蠢迟钝，在书本中逃避一生。我可以腾出时间来，陪伴在他身边，我确实也做到了，可我能教给这个新人什么呢？我养育他，给他买书，帮他做家庭作业，拥抱他，全心全意地爱他，可我哪有能力给他解释人生的道路，帮助他应对生活。我半个世纪只跟一个人，或者说几乎只跟一个人生活，这个人是我唯一了解的人。然而，我如此了解的这个人却对路德维克一无所知——不明白他提出的问题和他的疑虑——就凭我们这样两个人，怎么能够提供一个舒适的家？你记得吗，路德维克七岁生日那天早上，我俯身问躺在小床上的他想要什么生日礼物，他说想跟妈妈在一起。当我回答说这不可能时，他一字一句地对我说：

"不，海伦，可以的，如果我死了。人家说，所有死了的人都会去同一个地方。如果我死了，我也就能去啦。"

"恐怕不全是这样呢！"我屏住呼吸，小心翼翼地说。

过了一会儿，我给他梳洗完毕，让他跟你坐在厨房里，面前摆上一碟蜂窝糖饼。我上楼把自己关在衣橱里，泪如雨下，痛哭了一场。后来的那几年，我以为那孩子已经忘了这个念头——那个病态的执念。这些年，你在我面前一直用这个词来解释那丧母的孩子的悲伤。虽然这不公平，但我有时想说，一切都是你的错，是你看待事情的那种粗暴方式，让我没有正确地关注养子的情感。我只会躲在衣橱里为自己的无能哭泣，你坚决不把他的痛苦当回事。在我们之间，路德维克慢慢长大。

　　十三年过去，迅如一瞬。我能告诉你什么你不知道的事呢？我几乎每天都过得很好。我工作，侍弄花园，抚养你的儿子，他一眨眼之间就长成了一个温良少年。我教他照料花园，修剪玫瑰。我们做这些的时候，你在画你从来没有尝试过的巨幅画作。我离着十五米远就能闻到油彩的气味，心情愉悦。1981到1994那些年，对我而言，全是美好回忆——温柔的雨丝、果酱、壁炉中的火苗、绿油油的草、灿烂的秋日、蘑菇蛋饼、苹果派、月圆之夜的缠绵、木地板打蜡的味道、你在谷仓里完成的杰作，而我的杰作是我们重组的家庭。晚上让路德维克上床睡觉后，你坐在壁炉边，炉火让你的双脚蒙上金黄色，我听着罗伊·奥比松①的唱片，歌词让我禁不住微笑："你想要的一切，你都拥有，你需要的一切，你都拥有。"不过，事情实际上要稍微复杂一点，我正在

————

①　罗伊·奥比松（1936—1988），美国歌手。

经历更年期，你可能根本就没想到这件事，弗兰克。我时常感到异样的孤独：当我用雾化荷尔蒙试图让自己保持头脑清醒的时候；当我深夜翻阅医学杂志，想找到解除痛苦的办法时；当我忽然显得筋疲力尽，你却从不想想我怎么了，只是问我晚餐吃什么，或者问我有没有时间辅导路德维克做家庭作业；当你心情大好，在我周围伴着悲怆的音乐蹦蹦跳跳，精神饱满得完全不像一个七十二小时没好好睡觉的人时。你好像彻底不再关心别人，连尝试或假装都没有了。你眼里只有绘画，你全神贯注地观察秋天的树叶、泡沫、干果、栅栏、吃草的牲畜。你带着极大的耐心，屏息静气，满怀尊敬地注视着它们，而路德维克和我，在你眼里是理所当然的存在，我们稳妥无虞、无须关注、无须倾听。当然了，我们指责一个艺术家不关注平常事物时，多少总觉得自己有点小气，我们暗暗一耸肩，嫌他对周围的事物视而不见，同时我们心里又知道，恰恰相反，匪夷所思的是，他总能觉察到我们看不到的那些东西，其实那是最重要的东西，骨骼、神经以及人的本质，它的精髓，我们这些凡人永远不可能看到。"我们这些俗人"，你从前和索托、奥西普一起时，喜欢用这个词指代不画画的人。可我明明是受过训练的，我毕竟跟你生活了那么多年。如果我知道，1994年，那是我跟你在一起的最后一年，我一定会更有耐心。如果我像今天一样把自己看清楚；如果我知道，有一天我得纯靠运气才有机会跟你说话——一别二十三年后只有偶然才能让我们重逢；如果我知道我要度过二十三年没有你的日子，那孤单的时光有多么漫长；如果我能猜到有什么样的不幸在等着我们……弗兰克，相信我，我会用不同的方式处理所有的事，所有。

当地人渐渐接受了我们。我去邻村采购的时候，当地人叫我爱泼道尔太太。我确实从来没有这样自称过，可我也从未跟你提起这件事。直到今天，承认这一点仍让我尴尬。我想，既然你跟当地人没有一点联系——一切家务都靠我打理，十三年里你没买过一只灯泡、一个牛角面包、一双袜子，你大概永远都不会发觉这件事，我就能保住自己的这个小秘密了。我肯定也害怕，如果告诉你，你会打破我的幻觉，使我永远失去这几个字带来的快乐。爱泼道尔太太——这是刷在房子上的最后一道清漆，是村民们给我的荣耀和祝福。在那之前，我没有意识到自己有多渴望这个姓氏——我以前拒绝使用君特的姓氏是为了这个吗？如今这些都无从知晓了。我喜欢法国人说这个称呼的声音，有一天你父亲告诉我，这个美丽古老的姓氏，意思是苹果树，这里的人们念它的时候，它那英法混搭的发音显得极其妥帖——金苹果，每当在市场里有人叫我，我都会听成这个，金苹果。不知为什么，我从来没有联想到导致特洛伊战争的那场无聊的争执，虽然那场战争的确是由不睦女神往天神们的筵席上扔的那只金苹果引发的。不，弗兰克，与所有人设想的不一样，我脑子里挥之不去的形象，是一个金色的球，就是格林童话里那个国王的小女儿玩耍的金球①。那只球掉到了一口井里，青蛙想跟公主做交易，它把球还给公主，作为交换，公主要让它在她的盘子里吃饭，用她的水杯喝水，在她的床上睡觉。公主不耐烦地答应了青蛙，国王提醒她，言出必行。公主只好忍着恶心，兑现自己的承诺。青蛙最后变身成了英俊的青年。在研究童话的那几年，我就这个故事的不同版本写过文章，我想，故事里有种东西打动了我——牺牲越大，回报越多的观念，我于是梦想：我让你使用属于我的东西，最终你会匍匐在我床前，然而那只金色的大球总在那里，沉甸甸的。致命的球，被轻轻抛到空中，它看上去那么令人忌惮，因为它总有一天会落下，重重地砸下来。

---

① 格林童话里青蛙王子的故事。

　　而事情真的发生了，一个周四，你出人意料地决定跟我一起去村里买东西。我都没有想认真地劝你打消这个念头——我的骗局那么多年没被揭穿过，就像所有没有被抓现行的罪犯一样，我最后相信自己不会被惩罚，也许还真的以为，这个别人误派给我的头衔就是我的了。其实这一点无须我告诉你，你也一样，会对自己说的谎信以为真，往往是我帮你不被揭穿。可是，我们一起去村里的这天，你对几年来我背着你罗织的阴谋一无所知。水果店老板娘像往常一样跟我打招呼的时候，你爆发出洪亮的大笑。你笑得不能自已，用意大利文对我说：

　　"爱泼道尔太太！我的天，海伦，你听见了吗？"

　　尽管老板娘一脸惊诧，你脑子里一刻都没想到，也许她并非第一次这样称呼我。你以为这是个误会，或者这是外省人表示尊敬的方式，那帮乡下人不知道怎么称呼我们，只好这样叫。更幸运的是，因为是第一次来市场，你根本就没有想到，多年来，每个周四都是如此。

以前我也曾担心过被你发现——担心你发现我在村里被当成你妻子而沾沾自喜，担心你嘲笑我。我可从没有想到当时的场面。我以为你会勃然大怒，从没想过第二种情况，更糟糕的情况：你简直兴高采烈。你真的什么都没明白。我们双手拎满东西回到车上的时候，你自顾自一脸好玩的表情，连转头看我都没有，就说：

"爱泼道尔太太。我简直没法相信。他们肯定把你当成我姐姐了，你觉得呢，海伦？这简直是阿加莎·克里斯蒂小说里的情节：神秘的外国人，带着他沉默寡言的单身姐妹，来到一个普普通通的小村子里住下……最后罪犯肯定是那个姐妹。"

我没接话。几分钟以前，在水果店里，你吃惊完之后，笑嘻嘻但斩钉截铁地反驳说：

"没有什么爱泼道尔太太。"

1994年新年夜，我们一时兴起，邀请奥西普和索托来过节。出人意料的是，他们居然真的来了，一个从纽约，一个从柏林，突然开着租来的车出现在大路尽头。他们带着两个旅行袋，还有一只装满了画和香槟的箱子。在黄昏暗淡的日光下，我给你们三个在阳台上拍了照，他们的衣服都沾了颜料，因为你们刚刚紧紧地拥抱过。这不是他们第一次来做客，两个人都分别来小住过几次，但从没一起出现过。看到你们终于聚在一起，让我在一瞬间觉得仿佛回到了幸福的往日。我们有过多么无与伦比的日子，又是多么幸运啊！晚餐充满了欢笑和回忆，你们每个人都讲了自己喜欢的逸事，路德维克双手托腮，如饥似渴地听你们讲话。晚饭后，他拖来接线板，把他的音响安装在阳台上。我们披着大衣，抽着烟，合着音乐跳舞。那音乐好像是路德维克用他羞怯的方式，在这个特别的夜晚送给我们的礼物。他自己没有跳舞，一直坐着，专注地一首首地播放乐曲。放到布莱恩·亚当斯的一首慢歌的时候，我在跟索托跳舞，他在我耳边低声说："我真是太为你们高兴了，海伦。我一直认为你们是天生的一对，这是注定的。"第二天早上，他们像来时一样，开着租来的汽车离开了。1994年的第一天，我们在诺曼底已经居住了十三年。我们有个菜园子、一个柴棚、几箱蜜蜂。你在艺术界的地位持续攀升，在谷仓里激情澎湃地画出的那些画走遍全世界，为你赢得盛名。弗兰克，你画的那些树令人震惊，自那以后，你所有的作品都以这个尺寸为标准，这你知道的。而我在做什么呢——我变成了一个诺曼底女人，我讲法语，跟女邻居洛朗斯一起喝咖啡，在寂静的山谷中写我的书。不久后，这年的四月，路德维克房间里满墙海报上的那个北美乐队的主唱在西雅图寓所的车库屋顶上开枪自杀，为了表达哀悼，路德维克整整一个礼拜都在夜里循环听他的专辑。我一边听着年轻死者的声音低沉地在房子里回响，一边修改一篇关于亨利·詹姆斯①的论文。

---

① 亨利·詹姆斯（1843—1916），美国作家。

来吧，带着你本来的样子

你曾经的样子

我希望你成为的样子

像一个朋友，像一个朋友

像一个多时的敌人

死亡临近了，我们已无处可逃，可我还没有明白。每个月都有好几天，你晚上来敲我的门，我们在我的船型大床上疯狂做爱。这是那么不可思议，我对其他的一切都闭上眼视而不见。我错了。

　　也就是在那个时候，面包师的女儿，路德维克原来的小保姆突然重新出现了。我们已经几年没见过她，她十八岁左右逃离了村子去鲁昂读书，我已经彻底把她忘了。春天的嫩芽，夏季的繁花，晚秋的收获——这些年的四季轮换里，我没有一刻想起过她。但是1994年的夏天，她没有预先打招呼就突然回来了。她得有二十七八岁了，看上去不像以前那样笨拙，显得伶俐了，身材还是那样丰满，有一种勾人的魅力。她那慢腾腾的做派，从前在我眼里近乎病态，如今变成了灼人的忧郁。她的目光告诉人们，她对世界有个全新的认识，获得了十年前没有的经验，似乎她的脑子就是需要这么多年的时间，才能接收到你当年火辣辣的眼光，明白你曾经对她的欲望。也许她就是为了这个才回来的——谁知道呢？也许有一天，她走在上班的路上，突然在巴黎某条大街的人行道上停下脚步，因为在那一瞬间，她那可怜的脑子艰难地完成了推断，她即刻返回公寓收拾行装，飞奔到这里来告诉你，她终于明白了你的心意。我不知道。但直到今天，二十三年过去了，我还能像那天一样清晰地看到她，冒着细雨站在我们院子里，等着你穿过画室，替她打开前院的门。屁股裹在磨旧的李维斯501牛仔裤里，胶皮靴子矜持地勾勒出膝盖的轮廓，脱色的金发松松地挽成发髻，莎莎回来了。

　　危险临近了，可我没有立刻觉察到。对我来说，她还是那个莎莎，一个愚蠢的、想赚钱的小姑娘，用她几小时的劳动换取我几张五十法郎的蓝票子。有一次跟邻居洛朗斯聊天，我才开始意识到她身上发生的变化。

　　"艾尔莎回来了。"我去她家买鸡蛋，洛朗斯在开门的时候告诉我。

　　"对，我看见了。可她到底是从哪儿回来的？"

　　我好奇地问，一边把盒子递给她，好让她装满鸡蛋。

　　"从巴黎。"

　　我挺喜欢洛朗斯。做了十年邻居，我对她已经相当了解。每两个礼拜，我们都会凑在一起，一杯杯地喝着咖啡，讨论我们园子里的花卉插枝。可那一天，当她嘴里说出"巴黎"这个字眼的时候，我觉察到她因为某种快感而激动地发抖，我从来没见过她这个样子。

　　"她好像给一个大人物当助理，后来惹出麻烦来了，你明白我想说什么吧？结果她就回来了，再找机会呗。"

"再找什么机会？"

"找工作啊，我猜。"

我终于把望远镜对好了焦，开始把形势看得更清楚一些了：那乡下姑娘当初毫无留恋地离开村子，雄心勃勃地去征服大都市，如今走投无路，可怜巴巴地回来，还笨拙地想把事情伪装成职场性骚扰。我看到了她的烦恼，她被打回原形的不情愿，她的鄙视、她的怒气。她一定费了极大的力气才在首都觅得一席之地，改掉诺曼底口音，学着把元音发得扁平而短促，摆脱关于大森林的记忆，接受人海茫茫的大都市。可现在她又回到了原点，周围村子里的人都在拿好奇的眼光看着她。洛朗斯告诉我，周末她在父母的面包店里帮忙，跟从前一样。可怜的莎莎，我怀着一腔怜悯想——直到那一天，我看见她站在我们的院子里，耐心地等你来开门。我见到的可不是一个陷入困境的女人，她已经清点了自己的优势，踩着自己的耻辱和愤怒站起来，重新集结好了什么东西。她曾经无聊彷徨过，可正如我们小时候大人们经常说的，游手好闲是万恶之源。她左思右想后，想出了一个计划：她打算动用自己所有的性魅力，把整个谷地最有吸引力的单身汉勾引到手。

我喜欢森林显出的红晕和新鲜的苹果,喜欢路德维克,还有我们的家、农庄周围的虎斑猫以及木柴燃烧的味道,这气味粘在我所有衣服的纤维上,看来是再也去不掉了。可随着时光一天天过去,面包师女儿的圆脸成了我每天睡觉前脑海里想的最后一件事。自从那一次在院子里碰到,我把她从头到脚打量了一遍之后,有整整一个礼拜我都没再见过她。她的形象渐渐从我的脑海中隐去,仿佛是一个特别不起眼的小角色,在说完了唯一的台词后,就慢慢退到舞台后方了。可有一天早上,在第一缕晨曦里,我惯例下楼烧水沏茶,却撞上你们在那里——她和你,横躺在我们的餐桌上,一丝不挂,裹在那条淡粉色床单里,兴高采烈,正在大口喝光一瓶李子陈酒。那是一个月前,我过五十六岁生日时,洛朗斯送我的礼物。

　　我全身的血仿佛凝固了。不过，看到你们的样子，我立刻明白，对我来说，发火不是合适的反应——我的年纪，我刚起床一脸的倦意，穿着我的长袖睡衣，所有这一切都提醒我，不可以勃然大怒，不可以表现得像一个吃醋的老女人。"想做了吧？"你会这么说我，不是吗？这是你最爱说的法语字眼。我只好忍气吞声，踩着我加毡的软底鞋，小心翼翼地后退着回房间，免得被你们发现我的存在。我很生你的气——我口渴得厉害，干等着喝不上每天第一杯的红茶，这让我异常恼火。我在自己家里被囚住了，一筹莫展，只能待在房间里，怀着屈辱，躺在已经冷了的被窝里，透过地板上缺了木条的地方，听着你们的嬉笑、喘息，耐心地等待。过了一段似乎异常漫长的时间后，我透过窗子上挂的钩花窗帘，瞥见你们冒着蒙蒙细雨，颠簸着走向谷仓。你们试图步调一致，因为两人仍然裹在同一条床单里。那天剩下的时间，你们都待在谷仓里醒酒，听着你的布鲁斯·斯普林斯汀①的专辑。而我终于回到了厨房，揉面准备烤面包，我的泪水一颗颗滴在手中的面团上。

---

① 布鲁斯·斯普林斯汀（1949—　），美国摇滚歌手。

　　我真该省省自己的眼泪。不出几个星期，那天可怕的情形就成了每天的日常。莎莎几乎天天留宿了，你们窝在谷仓里闭门不出，除了夜里来厨房拿吃的。我在小菜园里劳作的时候，必须留神让自己的目光往下看，以免看见眼前的窗玻璃上蒙着的水汽。每天夜里，你们都在厨房留下痕迹，简直像野猪践踏草地一样。你和莎莎在黄油块上留下深深的指印，把香料面包屑洒在操作台上，把糖浆和咖啡滴在家具边上。早上我推开厨房门，看见眼前的景象，几乎能在想象中重现你们嬉闹的经过。你们欢爱的残迹在我眼里像是我自己青春的遗迹——我仿佛是聚会结束了才赶到现场，眼前只剩下残羹剩饭，我只能得到一盘别人已经动过的菜。人们再也不会把我当女王了——可是，从前又有谁真正地把我当作女王对待过呢？我究竟在怀念什么呢？我凭空想象出一个荣耀的往昔，好像蒙受了多么不可估量的损失，实际上，连君特的追求都是控制在理性范围内的——我，海伦，从没有人把我放倒在厚重的木头桌子上，在奶油罐子和熟透的水果中间跟我做爱。可每天早上，厨房的景象都仿佛对我低语，告诉我你几个小时之前刚刚对莎莎做过那些事。

可是，我又不由自主地跟在你们后面收拾，用海绵擦拭磨光的木头台面，清洗你们夜宵留下的脏污的盘子。这情形与几十年之前如出一辙，那莫名其妙的一个月里，我独自料理全部家务，因为你忙着写小说，可最后只写了一首诗，内容贴切得令人不安。如今我继续扮演这个角色，又像姐姐又像管家，似乎你的行为一点都没有让我难过。我又一次感到，没有任何词汇能表达我的愤怒。我唯一能做的，就是用我那有条不紊、机械的方式，维持一切正常的表象。如果有人问我，我会说，我是为了保护路德维克不受伤害——看到他父亲和他从前的保姆搞在一起。还有关系混乱啦，俄狄浦斯情结啦，男性认同啦，诸如此类的说辞。可实际上，路德维克对发生的一切表现出令人吃惊的漠然。他刚满十六岁，长成了一个敏感、沉默的少年，大多数时间都待在房间里听他的唱片。我只好自己生闷气。我的怒气开始增长。可是说到底，我能说什么呢？这个家是你的，不是我的。你完全有权利想带谁回来就带谁回来，想跟谁睡就跟谁睡。你为什么要给自己的感情生活画上句号，就因为我住在这儿吗？我们这么多年的同居生活中，从来没有这么规定过。你也从未承诺，此生每个夜晚都跟我度过。你让我住在你家里，是因为我是你最好的朋友，不是因为我是你妻子。从一开始，我来就是为了减轻你的负担，为了帮你，而不是为了制造麻烦。在你那方面，你也遵守了契约。你的作品越来越出色，你也一直努力照顾儿子——你们一起穿过湿漉漉的草地长距离散步。你从不忽视他，他需要的时候你会出现在他身边。而你完全可以一直关在画室里，跟你的新猎物待在一起，只要你愿意。你没什么错。等这一切结束了，你也许会回来敲响我的房门，那时我再决定该怎么做好了。目前，舞台上暂时不需要我，我的角色在这一幕里没有台词。

　　有一天，我傍晚时分开车回家，看见莎莎在路边走，穿着她的蓝色雨衣。她走在行人不该走的那一侧，背对着开来的车辆。在九月密密的雨中，几乎没有人会注意到她。我脑子短暂地闪过一个念头，要一眼就从背后认出她来，除非是爱她的人，或者像我这样怕她的人。这一次，我只不过在躲开她的时候溅了她一身泥。可是过后，我继续开着车，像一片叶子似的浑身颤抖，一边咕哝着，光线这么暗，这种走路法实在太蠢了，我差点撞死她。我突然听到了自己真实的想法。我忽然发现，在这条人迹稀少的路上，我完全可能会杀死她。天色已晚，在佩尔施的浓雾里，下着细密又急切的雨，我不费吹灰之力就能在转弯的地方撞倒她，让她跌进沟里。谁能看见呢？谁能去作证揭发我做的事呢？就算是万一，在最倒霉的情形下，我被认出，被告发——告发这个词很有意思，它可能反映了我的心态，始终觉得自己能逍遥法外，今天还是如此——我也可以辩解，我以为是撞到了一头狍子。我已经过了五十五岁，菲尔特−贝纳尔[①]的眼科医生可以证明我的视力有多差。"就算为了我吧，海伦，求求你，下次看书的时候一定打开灯。"上次我去看他的时候，他一边殷勤地微笑着，一边恳求我说。众所周知，野物在被农民追赶的时候，第一个反应就是从林中的藏身处跑出来。如果我确实撞倒了一只动物，谁也不会吃惊我居然都不下车查看。当地的男人们遇到这种情况，都会下车去看，如果那畜生能吃，他们就会把它装在自己的后备箱里带走，以弥补自己车身被损坏的损失。可是我，一个五十多岁、柔弱纤细的外国女人，连苹果的种类都分辨不清，我怎么会在夜里走下车，去看一头垂死的野兽呢？我横竖是没有力气把它扛到车上去的。我就说我很害怕，这是个意外事故，我眼含热泪，焦虑地把两只细细的胳膊在胸前一抱，谁都会相信我的话。

---

① 法国萨尔特省小镇。

　　不，给自己找借口不是最难的。多年埋头分析文字使我练就了论证的功夫。可是我为什么要杀了莎莎？我指望从她的死中得到什么呢？让你忘了她？让你回到我身边？说到底，你从来没有离开过啊！如果说有人离开过，那毫无疑问是我。其余的时间，你我都在一起，我们大半生都是如此。也许确实没有什么爱泼道尔太太——然而这么多年，除了我，你还跟谁在一起过呢？好吧，我也不知道自己是否真的想杀了她。不，我想我只是试图洗去耻辱，你居然为了这么一个女孩抛下我。她那么肤浅，也没什么吸引力，即使你只是暂时迷上她，也让我感到受了侮辱。她所有的一切都让我恼火——她的名字，她自以为是地停在我们房前小路上的福特嘉年华，她圆圆的、轮廓模糊的脸，她灰蓝色的眼睛，圆滚滚的脚踝，她那没教养的做派，还有她等着我洗的衣服。隔着窗子凝视着她，我会不由自主地用手指抚摸着自己马拉松运动员的肚子上坚硬的肌肉，感到对她充满了鄙视。夜里，我在小小的浴室里，站在古董镜子前，想着我写的那些书，见识过的国度，我会翻译的语言。我想着我这一生，我经历过的艰难，征服过的男人，得到的知识。我对事物的判断总是那么妥帖，我的事业收获了那么多赞扬，我那些镶在黑色或金色镜框里的证书，我读了那首诗后了解到的所有事，我知道的关于你的种种，弗兰克·爱泼道尔，那些我从未跟人说起过的事。在亮晶晶的镜子里，我看着自己脸上优雅小巧的眉眼，想到莎莎那张没有任何风韵可言的宽脸，她毫无风度的举止，她那双大脚老是在我们小路的沙土里留下让人讨厌的脚印。与其说盼她死，不如说我想的是恢复正义，按照我的理解重建平衡的世界秩序，保护属于我，而我已经数次险些失去的东西——好几次都是在她出生之前。至少让我夜里睡觉的时候不必想着她，让我找回甜美的睡眠，为自己的熟龄感到欣慰，不用再忍受在清晨的阳光里，在我的露台上看见她裸露的肌肤。

一开始，简单地说，我是因为她的样子和她出现在我的生活中生她的气——但随着时间推移，我大吃一惊地发现，事情比我所能想到的一切都更加糟糕。你开始变得丢三落四，像个缺觉的不知所措的年轻爸爸。只不过让你变成这样的不是你的孩子，而是一个二十八岁的任性情人。我开始以为，你的晕头转向是爱的证明，是你为激情付出的赎金，后来才察觉到，你不是爱得筋疲力尽，你就是简单得筋疲力尽。让你疲于奔命的，不是莎莎那喧嚣动荡的青春，而是她永不餍足的胃口。你像个接待能力不足应付一屋子客人的餐饮店小二，被客人们那些稀奇古怪、互相矛盾的单子催着，从一个角落跑到另一个角落，眼睁睁看着菜在手上变冷，可你还是没能把它送到该送的客人面前。杯子里的冰块都化了，你却没法止住任何人的干渴。同时，四面八方都有声音传来，不停地要求更改他们的订单。她让你觉得自己被人需要，整整四个月，你没有好好工作过了。三十年前，你扔下我去追求美丽的安娜时，我都没有这么沮丧过。虽然我深深地伤心过，可是安娜尊重你的工作，理解它，能向你提供我没有的东西。她有自己的画廊，也热爱绘画。在诺曼底，在这个1994年，莎莎一天天让我越来越感到吃惊，她的愚蠢、贪婪、耐不住寂寞以及她那么快就让你改变了看法，觉得她并不是个没教养、难相处的人，反而具有某种特别的感性——有点像童话里娇滴滴的公主。她，这个读书时成绩平庸的诺曼底女人，很肉感，有一种令人堕落的魅力。她在你怀中哭泣，数落在你之前认识的所有男人，先说他们的坏话，后来又说他们好。她还放过你几次鸽子，让你对她做了些超出你身体承受能力的事，搞得你浑身酸疼，之后整整两个礼拜都没去谷仓里画画，因为你突然连在画架前举起手臂的力气都没有了，而且夜里无法入眠。有时候她突然就不让你碰她，也不解释，只是一副怒气冲冲的样子。她曾经告诉你（这是你向我转述的），在巴黎的时候，她住在一个狭小的单间里，从窗子望出去，连一棵树都看不见。然后，一阵令人压抑的沉默过后，她喃喃低语："我的窗子好悲伤。"你听不太懂法语，以为她是在很平静地说着什么，但又那么富有诗意地给一扇窗子赋予了感情，你觉得这很高雅。现在别不承认了，弗兰克。你给我讲这些的时候，眼里可含着泪呢！可我听了只想大吼，她不过想说她住的地方很烂而已啊！这个脱不掉粗俗的外省女人，还那么自私。出于某个我不知道的原因，她找到了你，然后百般利用你。她就好像是你没教育好的孩子，虽然你认识她时她已经二十七岁了。你们交往才不过几个月的时间，她就已经可以完全罔顾你的感受，而你呢，她夜里熟睡的时候，你小心翼翼地守着，注意她每一次呼吸的变化，像守着新生的婴儿。如果你想跟她讨论点什么，你认真提出的每一个异议，都被她用铃铛般的笑声打发了。于是，我得出了一个确定无疑的结论——如果继续跟她在一起，你会停止作画，全心全意当她的管家，这还是最好的情形。可你再也不会画画了。我想说的是，我之所以做了那件事，不仅仅是因为我厌恶她——我也是为了解救你，把你还给绘画。因为你的画，就如同我自己。你走上画画的道路要归功于我；你找到了自己的方向，也要归功于我。六十多年前，你投奔了我的勇气，如登上了一艘邮轮。

那几年，你不知道自己想做什么的时候，到处跟着我，拿我读书的野心为借口，逃离了自己的家庭，后来又靠了我爱整洁的习惯，住在井井有条的房子里，永远不用自己动手去清扫。想想这些吧，好歹想想这些。假如我没有在你父亲面前为你据理力争，假如我没有带你到阿姆斯特丹，假如我没介绍查理给你认识，假如我们没有一起去他家喝那杯茶，假如他没有想勾引我所以请我们去他家，今天的你会在哪里？弗兰克·爱泼道尔，你又会是什么人呢？可能你会说不对，你的画跟我没什么关系。那我是不是得提醒你，你当初连我的家都离不开？你明明在安娜家有自己的画室，却非要回我们的公寓来作画。我除了觉得你缺了我不行，还能怎么想呢？你张开双臂迎接我回归的时候呢？你隔着大洋向我求救的时候，把儿子托付给我的时候呢？你一次又一次回到我身边。这就是我在世上的位置——我是你回归的地方。有些人生病了要回自己出生的村子休养，你似乎总要回到我的左右，你无法抗拒，我仿佛是你的家，你的灵魂，你的中心。一直以来都是我保护你，而我首先做的，是保护你不受你自己的损害。你从来没有要求我做过什么，确实如此。可是，弗兰克，从我们相逢的第一天起，你的无能，就像浓雾中传来求救的汽笛声，始终在呼唤着我。

低调如我，没有人想象得到，我也会有激情。人们以为我这种人就像某类白色噪音，我在众人面前的沉默，是另一个声音的回声，那个声音一直在我脑海里，在整整齐齐的头发覆盖下的脑海里回荡。然而，我比任何人都知道得更清楚——人们不该凭封面就对一本书下判断。

在车祸中杀死莎莎——我发现自己越发经常地玩味着这个念头，如同一只小猫，机械地撕扯着一团毛线。今天回想起来，我没法相信，自己怎么能天天在家里看见她，还能天天琢磨让她死。有时候，我深深地沉浸在自己的思考里，没听见她不敲门就进了厨房，来取一只酒杯，或一把小勺。她就这么突然地出现在那里，我仇恨的对象，站在我眼前，穿着你被她偷来的衣服，然后我听见自己微笑着，胡乱说了句什么："你好啊，莎莎，你怎么样？那么说你还在这里啊？"而我其实想冲她大喊："你还在我家里啊？为什么，为什么，你为什么还待在我的家里啊？"我想质问她："你为什么要这样对我？难道是因为以前你当我孩子保姆的时候，我没给够你工钱吗？那我能不能现在把钱给你，你再也别来了，行吗？"可是这样太屈辱了。对莎莎来说，这只不过有点烦人而已。我对她说话的时候，她咕哝着说了点什么，也不看我，一般年轻姑娘应付她们母亲那把年纪的女人，就是这么回应的。她一走开，我立刻重新沉浸到自己的谋杀幻想中，就像被打断后接着玩复杂的拼图游戏。泡澡的时候，在市场里，或者跪在地上整理园子的时候，无论何时何地，我在脑海里一遍遍上演着这出车祸——加速、撞击时的声音，车灯上沾染的羊齿草叶子的颜色。我每天都在想，每时每刻都在想，甚至增加了开车出去的次数，以提高遇到她的概率。然而日子一天天过去，我的努力没有结果。我开始觉得自己永远也不会成功，也许我有过机会，可我还是让她过去了。我试着让自己理智思考，说服自己这样更好。

　　然后，一天晚上，万圣节前的几个星期，我从阿
朗松看电影回来，神奇的事情发生了。在道路拐弯的
地方，我又看见了她，低着头走着，穿着她永远的蓝雨
衣。这像我们两人的私密会面，我熄灭了车灯，一打方
向盘。

续

她没有死。

我撞了她，但她没有死。

我度过了一个不眠之夜，在床上辗转反侧，想着接下来的一天会发生什么。第二天，洛朗斯告诉了我这个消息。我早上五点钟起了床，惊恐不安，在屋子里漫无目的地走来走去，彻底失去了做任何事的能力。但只要路德维克或你进入我的视野，我就赶紧低下头，假装正全神贯注地看书桌上那张校样纸上难以辨认的文字。几个星期之后，我把写字台里的东西全清理出来时，无意间发现了那天我捏在手里的铅笔，因为那上面还留着我咬出的深深的齿痕。为什么我什么都没跟你说？因为我不知道说什么。"弗兰克，昨天晚上我想杀你女朋友来着，但我不知道是否成功了。"说出这种话，似乎完全超出我的能力。十点钟一到，我觉得这个时间可以去敲洛朗斯的门了，我可以假装自己刚从我们两家土地交界处的工具棚出来。我穿上大衣，出了门，琢磨着怎么引导话题，怎么提出我想问的问题才能不被她看出端倪。然而洛朗斯没让我费这些周折，门一开，她就大声地说：

"你还不知道吧，艾尔莎昨天被车撞了！"

"什么样的车啊？"话一出口我就懊悔地直咬嘴唇：这问题愚蠢之极。幸好洛朗斯在震惊中，完全没有觉察。

"不知道，"她耸耸肩，快步走到我前头，进了厨房，"坐下吧，我来煮咖啡。她说自己什么都没看见，刚听见汽车的声音就被撞倒了。她摔进了水沟，在那里躺了一整夜，下半身都泡在水里，直到早上邮局的雅克出门送信才发现了她。海伦，你要糖吗？我怎么就是记不住你加不加糖呢？"

我把她递过来的糖罐推开：

"可她怎么没早点从沟里爬出来呢？"

尽管现在回想起来，我自己也觉得难以置信，但在彼时彼刻，我还在恨她的懒惰和愚笨。

"她真的在沟里待了一整夜啊？"

"她伤到了脚腕。今天早上，医生得把她的鞋子剪开，才能给她检查呢！再说那个地方的沟确实挺深的。"

我们不再说话。洛朗斯带着点尴尬的神情低下了头，可我能看见她的眼睛闪闪发光。我凭着图书管理员般的精明，在脑子里把她刚提供的资料分析归类，车、邮递员、水沟、脚腕。

"这么说，她没死？"思索了几分钟后，我开口问道。

"没有。"洛朗斯答道。

她看着我。从她的眼神里，我看见，她在一瞬间明白了发生的事。可她立刻从脑子里把刚刚得出的结论抹掉了，就像发现自己拨错了电话号码，按错了门铃，赶紧道歉。我知道，至少在一件事上，我的判断是正确的——没有人会为我做的事指控我。这也意味着，我只能继续独自背负这精神重担。

我浑身颤抖着回了家。我的脑子里有两个声音在打架，一个在为没有杀死她而松了口气——我卑鄙地觉得，自己是无辜的，因为我的犯罪计划失败了；而另一个声音，我迫使自己不听它（就是它希望一头走到黑，也是它让我拿到了我那些证书和文凭，在独立出版界赢得了声誉，还出了那么多书）。我被巨大的疲惫感抓住了，感到自己是个可笑而危险的人——是的，我的确是这样。我抓了本书，正打算安静地在沙发上坐下，把仇恨一笔勾销，却无意中往窗外扫了一眼，望见莎莎的福特嘉年华停在我们房前的小路上。外面下着暮夏那不紧不慢的雨。你打开画室的门，不顾雨淋，向她跑去。她摇下车窗，你们说了一会儿话，最后，你替她拉开车门，当你跪在石子路上，小心翼翼地把她的一条腿从车里挪出来的时候，我看见了她的微笑。你脱下她的胶皮靴子，用拇指根部替她按摩着脚踝，继续跟她说着什么。时间仿佛凝滞了，这画面带着让人几乎无法忍受的色情意味。最后你双手搂抱着她，搀着她一起走向谷仓始终开着的门，门在你们身后关上了。我在屋里一动不动，感到浑身的怒气涌了上来，原来，我的愤怒丝毫未减。我没能杀了她，却把她捧成了受难的英雄。我们不仅没有摆脱她，你反而更爱她了，因为你有种可悲的口味，喜欢落难的女孩。一切都是我的错，弗兰克，一切，除了接下来发生的事——不，那件事不能怪我，因为恰巧在这时，一个德国独立记者打来了电话，我只是机械地伸手拿起了听筒。

你根本不知道我跟那个记者通过话，对吗？你从来没想到是我。你只是怪我把杂志拿到家里，可你从来没想想，我是怎么弄到它的。我还以为，这么长时间你已经猜到了——可你脸上困惑的表情告诉我，你没有。原谅我，弗兰克。童话里马克国王的理发师，在沙子里挖个坑，对着它说出那个不可告人的秘密①。我也一样，我对着电话诉说的时候，就像电话线那端空无一人。童话里说，沙子里那个坑上后来长出了芦苇，每当有风吹过，芦苇就唱起歌，羞辱着长了驴耳朵的马克国王。而我的方式是对那个记者说话。想到莎莎还活在这个世上，她还要住在我们家里，继续在我们家里进进出出，肆无忌惮，继续操纵你，威胁你的绘画事业，我无限恼火，失去理智般地滔滔不绝。我几乎对他口述了他的文章。我并不认为他打这个电话是有意为之——我猜是编

---

① 出自西方童话里《长驴耳朵的国王》的故事。

辑让他打给你，而他纯粹是想应付一下，并不指望从你那里得到什么有意义的信息。可我送了他一篇文章。因为杀死你小情人的计划新近失败，这次我选择了自己更熟悉的武器，比汽车的车头和阿朗松湿漉漉的道路更有效——我选择了语言。我用娴熟的技巧，就像写安徒生在狄更斯家做客，珀金斯①对海明威、伍尔夫和菲茨杰拉德的影响，托尔斯泰创作《战争与和平》，对着电话那头那个陌生的声音，把你最可怕的秘密和盘托出。我告诉他，你抛弃了怀孕的弗莱佳，没有一丝悔意。我说她死的时候情形极其悲惨，还说，你的儿子就是这么来的。

---

① 麦克斯威尔·珀金斯（1884—1947），著名文学编辑，出版过不少包括海明威、菲茨杰拉德等伟大作家的作品。

接下来的几个星期，其实我还有回旋的余地。我可以威胁记者，或者花钱买他的沉默。他给我留了电话号码，我可以打给他，求他不要把我告诉他的内容付印。我可以说，我们还没跟路德维克谈这件事，他太小，太脆弱，他是无辜的。最后，我至少可以想办法不让你们看到这篇文章。当时因特网毕竟还没有出现，那还是一个除非我们主动去寻找，信息不会自动来到眼前的时代。那本德国杂志，即使在本国也寂寂无闻——我们在偏远的佩尔施乡下看到它的概率几乎为零。我是可以想办法阻挡的，那就什么都不会发生了，然而我没有。几个星期以后，当那个记者再次打电话告诉我，文章即将刊出，他很愿意给我寄一本的时候，我正忙着往面团上放切好的水果，并试着让自己对莎莎发出的声响充耳不闻。她在离我三米远的地方，穿着内裤和圆领衫，坐在摇椅上晃着，椅子发出咯吱咯吱的声音，让人难以忍受。于是，我听到自己用一种欢快的声音回答了他，仿

佛我接到的是电台主持的电话，通知我中了大奖。就是
那种欢快的声音。那种声音也罢了，我该说的只有一件
事，然而我并没有说。记者说，要给我本人寄一本我的
恶意之作，我本该说谢谢，不用了，或者说没有必要。
这件致命的东西，我怒火中烧的那一天打造的东西，无
论如何也不能进入我的家门——然而我只是说，好的，
我很愿意。几天后，邮包送到的时候，我眼睛都不眨地
拿过那把几个月前你在拍卖会上买下送我的古董珐琅裁
纸刀，从牛皮纸包装里把杂志取了出来。

　　那记者被我讲的事情迷住了，对你突然有了个儿
子这件事，他又做了更深入的调查，颇有耐心地顺着弗
莱佳这条线索往上追溯，甚至采访了她从前芭蕾舞团的
同事。几个没有透露姓名的舞蹈演员回忆了弗莱佳被
你抛弃时的绝望，怀孕期间生活的窘迫，以及她如何
凭着令人赞叹的勇气在分娩后立即开始训练，迅速恢复
身体水平，靠自己的四肢挣到钱，维持自己和路德维克
的生活。她们还提供了在化妆间或巡演的大巴上拍摄的
几张照片，其中最让人揪心的一张，是弗莱佳躺在一床
被子上，在汽车的最后一排，正在给小小的路德维克喂
奶。窗外模糊的景色表明，汽车正在往前开。文章说，
直到死前三个星期，她还在给你写信，而你从来没有回
过信。根据文中的说法，她连你的地址都没有，每次只
能在信封上写：阿姆斯特丹，弗兰克·爱泼道尔收。尽
管如此，我绝不相信你一封都没有收到过，虽然你在我
面前是这样说的。我一页页读着，她的面容在我眼前浮

现，这个我从未谋面、死了至少十五年的年轻女人，我把她的故事当作素材送给了媒体。我看见，她用德国女人的清澈眼睛凝视着我。我不明白自己为什么要那样做，我无法相信。我把杂志放在客厅楼梯的第三层台阶上，路德维克知道，我总是把喜欢的书放在那里，而我也知道，他信任我的文学品位，所以会去那里找书看。你看，要很多的小细节协同配合，才能最终促成灾难的发生。我的五十六岁生日，更年期的困扰，莎莎回乡，啊，他们肯定把你当成我姐姐了。还有，您能跟我谈谈*弗兰克·爱泼道尔*吗？你在雨中按摩的一只粉色的脚踝，恰好在某个时刻打来的好奇电话，蓝色雨衣，满满十页不加修饰的残忍。我把对你的爱，疯狂的爱，对你的狂热激情看得比我们的孩子更重要。不，不仅如此——我就像为了惩罚移情别恋的伊阿宋而亲手杀死自己儿子的美狄亚①，把我们儿子柔软的身体做成了一张弓，向你射出那浸透了我复仇的毒汁的利箭。

---

① 见希腊神话。

就这样，十二月的一个晚上，吃晚饭的时候，几个星期前刚过完十七岁生日的路德维克把那本杂志放到你面前。

"哦？"你高高兴兴地说，"这是什么？"

你拿起杂志，翻着冷冰冰的纸张，看到了那篇让你臭名昭著的文章。恐惧让你睁大了眼睛，你顾不上看一眼路德维克，问道：

"你从哪儿弄来的这个？"

"从海伦的东西里找到的。这里面说弗莱佳是个瘾君子，你知道她怀了我，就把她抛弃了。这是真的吗，弗兰克？"

也许就是那个时刻，你才意识到自己当年做了什么事。十八年前，你赶走弗莱佳的时候，可能并没有费吹灰之力。然而，如今你要在她的孩子面前解释自己的行为。路德维克用纯真的眼神注视着你，满怀希望地盯着你的嘴唇。他等着你随便说点什么，你说什么他都信，只要能反驳他鼓起勇气来诘问他之前读了一遍又一遍的那篇故事。我想，我自己也是，在这个时刻，我突然意识到了自己行为的严重性。我们从没告诉过路德维克他母亲是怎么死的。需要的时候，我们就重复他母亲家族的委婉说法——在家里出了意外。刚开始照料路德维克的时候，我内心对弗莱佳的态度非常严厉——有个这么绝顶可爱的孩子，她怎么还能吸毒呢？可是，路德维克睡眠很差，我不眠不休地照料他几个星期后，有天晚上，在终于把他哄睡后，自己灌下了一大杯美洛红酒。从那天起，我不再埋怨弗莱佳吸毒了。在家里出了意外，我几乎都忘了这是个托词。然而在那篇文章里，白纸黑字地印着，海洛因过量。路德维克头一次知道。诚然，文章的中心意思，是控诉你不负责任。然而，记者调查到的那些细节，对路德维克来说，也是珍贵的资料，因为这些信息证明，世界上还有人记得他母亲，愿意纪念她。他们曾与她一同欢笑，爱过她，困难时帮助过她。你只记得去接小男孩时他那悲伤无助的情形，可你从来就没有想过，在那之前，在那颠沛流离的三年里，在芭蕾舞裙和演出大厅之间，他跟母亲过着什么样的生活。你也从来没想到过，一对孤立无援、形影不离的母子，他们之间有着多深的爱。出于害怕，你固执地保持沉默，仿佛那一切都没有存在过。你以为路德维克跟你在一起后，才开始真正的生活，在那之前，理所当然，什么都没发生过。然而孩子是有记忆的，那篇文章像为他打开了潘多拉的魔盒，让他把脑海里那些破碎的片段连了起来。餐桌收拾了一半，刚吃过的甜食碟子还扔在上面，我们三个人围着桌子坐成一个三角，僵持着，沉默着。你和我沉浸于各自的羞愧，像泥塑木雕一般呆坐。儿子紧紧盯着我们的嘴唇，他是在乞求我们说点什么，告诉他这不是真的，那份杂志粗制滥造，他母亲死得很有尊严。如果我们再多一些时间，如果事情以另外一种方式发生，他也许能平静下来，随着时间推移，慢慢在回忆里得到慰藉，重筑自我，找到自己的位置，去面对这个他还完全未知的世界——然而，上天没有给我们这个时间。

在我们可怕的沉默面前，路德维克闭上了眼睛，脸上是无尽的哀伤。

"这么说这是真的了。其实，我觉得自己知道这些。文章说，人们发现她的时候，我就在她身边。我把这件事忘了，不过现在想起来了。我等了好几个小时，希望她能醒过来，我当时很饿。想起这点我很羞愧，可我真的饿极了。我呼唤着她，但她一动不动。后来，我只记得很多人说话，然后我到了我祖母葛莉塔家。再后来，我就在这里，跟你们在一起了。"

"我很抱歉，路德维克。"你这时嗫嚅着说道。

"抱歉？"路德维克问道，"可一切都是你的错，弗兰克。"

说着，他忽地站起身来。

"你抛弃了她，抛弃了我们，就为了你的画。你抱歉什么？你从来就没抱歉过。我太了解你了，你只顾自己，眼里从来除了自己没有别人。所有事都是海伦料理，你什么都不知道。你自以为是我父亲，就因为你带我去野外散步吗？可你无论什么时候，嘴里谈的都是你自己。对我你一无所知，你也从没想过，该跟我谈谈我母亲。你没想念过她吗？我好想她，可我始终没想好怎么开口谈她。这让人好痛心。这么多年，每当跟你在一起，我脑子里想的就是这个。弗兰克，怎么才能让你开口给我讲讲我母亲。可我害怕会让你难过。你说过，是她离开了你，所以我想，她走了，后来又死了，你再也没法跟她说爱她了。可你其实从来没爱过她，对吗？我有那么多问题从来不敢跟你提，而这就是一切的答案。在最重要的问题上，你对我撒了谎。这就是你做的事，你没法再挽回了。"

他像一匹小野兽一样跑了出去，我们听见大门咣当一声被甩上，然后就什么声音都没有了。他的样子刻在我的脑海里，多年挥之不去——他那张精巧稚嫩的脸，带着庄严的神情，写满了哀伤。

他逃跑得那么快，留下你和我，面对面坐着，隔着杯盘狼藉的餐桌。

我们就那样互相对视着，过了很长的时间，仿佛被刚发生的事情弄昏了头脑，努力把杂乱的信息组织起来，好弄清状况。于是，你想到，这本杂志在家里出现，都是因为我；于是，我想到，你居然跟路德维克说，是弗莱佳离开了你。我在心里谴责你的行为，但我也明白你那样做的原因。至于你，我想，你并没给我的行为想出合理的解释，没想明白，我为什么会把这本危险的杂志（它威胁你，也威胁我们）放到儿子能看到的地方。我猜想，你应该是冥思苦想也没能解开这个谜，最终勃然大怒。因此，你没有被儿子一针见血的指责打动，也没有飞奔出去找他，你选择了对我进行一番讨伐。

"你为什么要来这里？"一阵长长的沉默后，你问我，"为什么，海伦，你为什么来这儿？你的目的是什么？"

你我之间最大的一场争吵爆发了。我说我来是为了你们，你说不，我是为了自己，因为我不能再忍受我的婚姻，自己又不肯承认。我反击道，我之所以始终没有伴侣，也是你的错。你反驳说，我婚姻触礁的时候，你又不在波士顿，这跟你一点关系也没有。我说，我没法跟一个我明知你鄙视的人一起生活，而你从来就没努力尝试过了解君特。你就问我，既然君特那么有意思，干吗还得努力尝试才能了解他？我说你心里很明白我这话是什么意思。你说你只明白了一件事，那就是我指责你不像我那样努力；你说我从来就不知道该把自己的生活怎么安排，只会围着你转；你说你也想摆脱我，只想让我在波士顿待着，你从没要求过我什么；你说你本来自己也能照顾路德维克，再说，要是你一个人养他，事情又能坏到哪儿去呢？你把孩子托付给我，最后结果却是这样。我说，你不能这样跟我说话，你回答说，你想怎么说就怎么说，因为你是弗兰克·爱泼道尔。我从工作台上抄起一把锤子，挥舞着它，然而还是把它放下了。

"海伦，还有必要杀我吗？"你直视着我的眼睛说，"你已经让我失去了最爱的人。"

我们在餐厅里冲对方怒吼，绕着桌子转圈，如同两头野兽。我们互相抛出最狡诈的论据，最久远的回忆，最具体的怨念，像两个互相知根知底的象棋大师，每一步都想击中对方的要害。不得不承认，四十四年的共同生活让我们娴熟地掌握了争吵的技艺，就像其他伴侣学会了在舞池里默契配合一样，而这场争吵就是我们的杰作，值得喝彩的经典演出。也许是天上的星辰，在那时恰好达到了完美的排列，让你我终于彼此撕裂，就在那静静的月光下，地球上一个不知名的地方，在房屋里宽大的餐厅中。仿佛我们一生等待的，就是这个时刻。可我已经筋疲力尽了，内心强烈的羞愧感使我晕眩。我是怎么做到这些的啊？随着对你的指责，列举着一桩桩往事，我越来越清晰地看到了其中的脉络，那隐藏的命运，那像子弹飞过的线路一般笔直的轨迹。我的父母，你考试失败，你对我的依赖，我对规则、精确以及感恩的过度需求，你突然发现自己的志向，安娜，君特，你邮寄给我的那些画好像你抛来的绳索，候机厅里的路德维克，诺曼底，诺曼底的房子，我们温馨的夜晚，你那些不可思议的画作，站在院子里的莎莎。

"是莎莎，"我终于无力地哽咽起来，"是因为莎莎！她……"

"什么，莎莎？这跟莎莎有什么关系？你现在跟我扯莎莎做什么？上帝啊，海伦！我在跟你说我的儿子！"

我大哭起来，无法抑制。你对我大吼着说出"我的儿子"这几个字的时候，我意识到了自己做了什么。你的儿子。我的儿子。

我们闻到烟味时，已经在屋里吼叫了三个小时。你打开大门，我们看到谷仓在燃烧。

我们后来知道，火是路德维克出走前放的，易燃的松节油使一切付之一炬。那是末日般的景象——在辽阔的原野中间，黑夜里，巨大的木质结构建筑在熊熊燃烧，照亮了周围的一切，烘烤着我们浸透泪水的脸。记得吗，我们两个站在门口，呆呆地看着眼前的灾难，好几秒钟后才惊醒过来，想起寻找路德维克。

　　我们都找遍了，屋子里，园子里，大路上，我们呼喊着他——可哪儿都找不见他。邻居们叫来了消防员，他们带来了水枪灭火，他们往谷仓浇水的时候，我们恳求他们帮忙找孩子。可是夜太黑，路德维克年纪太小，他们很为难，认定孩子是一时赌气，被父母责骂了一顿后，跑到他喜欢的林子里躲起来了。他们不知道我们是个什么样的家庭，不知道是路德维克放的火，因为我们没有告诉他们。消防员们都很年轻，又热情又快活，跟我们说了一大堆安慰的话。可是他们走后，我们一夜没有合眼，拿着手电筒在林子周围找了一遍，声嘶力竭地喊着，寻找我们的孩子，却徒劳无功。我们停止了互相攻击，虽然没有和解，恐惧却把我们联系在一起。我们手拉手，以免在黑暗的森林里失散。

弗兰克·爱泼道尔，1994年12月22日，那是我最后一次拉你的手。我知道，自己应该只记得找不到孩子踪迹的恐惧，除此之外，那一夜发生的任何事情都应该忘掉。然而事实并非如此——留在我记忆里的，弗兰克，是我紧紧牵住的你滚烫的手，和我几乎称得上幸福的心情。因为路德维克令人焦虑的失踪，消防员们的无动于衷，我们决定出发寻找他。你暂时停止了对我的指责，好像这奇迹般的停火把我们争吵的理由也一笔勾销了。我一遍遍回味着，像回忆激情之夜里最愉悦的片段。

第二天黎明时分，一个散步者发现了路德维克，他用皮带把自己吊死在一棵树上，就在大路尽头的森林里。

后来和现在

　　那么，这就是结局，我们在罗马那些不知疲倦的漫步，我们那几千个夜里的长谈，我们写给对方的那些浓情蜜意的信，都是为了这个结局。我的奉献，我为我们做出的牺牲，我的耐心，都是为了这个结局。谋杀。所有这些没有分寸的爱，结局是一棵树。谁知道呢？也许，你还画过这棵树。也许我们散步时从它旁边走过却不知道总有一天，它会为我们生活的一部分画上无可挽回的句号。

路德维克死后，人们解释说，那孩子的心理比较脆弱，因为幼年失母，母亲死的情景又极其残酷，这在他的心灵留下了无法消除的印记。那篇文章勾起了他痛苦的记忆，他颠沛流离的幼年生活也使他的心理极不稳定。况且，他母亲年少时，就被不止一个医生诊断为躁郁症，这种情感障碍是可以遗传的。什么样的说法都有，最聪明的无疑是，对生者来说，自杀总是无法解释，也无法接受的。当然了，他自杀不仅仅是因为那场争吵，不仅仅是因为那篇文章。我想，他自杀是因为失望——看见我们的样子，让他觉得自己没有勇气长大成人，去爱，去变老。我对他有无限的怜悯，也对你，对我，对我们三人，我心里满是悲悯。我常常想，真正的父母不会这样——不会不理会孩子跑到了什么地方，而去浪费时间争吵，不会不去处理孩子的哀伤，却花三小时发泄自己的愤怒。我想起《列王记（上）》^①里所罗门王审案的故事：两个妓女在他面前争一个孩子，他建议把孩子切成两半时，其中一人立即放弃争夺，宁愿把孩子给对手也不愿他被杀死，所罗门王据此猜出了她才是真正的母亲。孩子不见了，什么样的父母会有闲心去吵架呢？伤心的孩子逃离他们的时候，什么样的父母会因为愤怒和傲慢而吼叫呢？可我们做的事情更糟糕。路德维克死后的几个星期里，我们继续（我都不知道为什么）待在一起。火灾的第二天，莎莎像魔法一样消失了，仿佛从来没存在过。我们也许该像她一样，弗兰克，可我们没有。我们安排了下葬，收拾了路德维克的东西，通知亲友，签署了各种文件。我们继续一起吃饭，在厨房里，在我们最后一次见到孩子狂怒的地方，面对面切开面包。穿着睡衣在孩子的空房间门口碰到的时候，我们一如既往拥抱，互道晚安。悲剧的第二天是圣诞夜，我们在壁炉里生了火，用过晚饭，喝了一杯。那酒是我一周之前买的，如果我记得没错，就是那本德

_____

① 出自《圣经》。

国杂志寄到的那一天。第二天，我给花园除草，你整整一下午忙着把烧焦的木板从以前的谷仓里清理出来，然后坐下来，开始画你新画室的设计图。生活貌似正常地持续了一段时间，然后，突然，一切都结束了。我终于离开了，但那也许仅仅因为房子是你的，所以顺理成章该我离开。你什么都没说。实际上，你也无须开口，因为即使在这无比紧张的气氛里，在这灾难里，我们依然无法抗拒地心意相通，不需要交换一个字。你也知道，接下来会发生什么——等你我都觉得我必须离开的时候，我自然会离开。这就像四十年前的那一天，你我几乎同时到达王子街的公寓门前，就像今天我们在街头相遇。于是，1995年1月初的那几天，在诺曼底，我们仿佛同时被吓了一跳，就这样分开了。一年多前一个美好的夜晚，索托对我说，我们俩是命中注定的。

　　这是二十三年前的事了。直到今天，每当想起路德维克的死（这情形经常发生，一次又一次，弗兰克），我还是不相信，在离我不到一公里的地方，我，他的养母，曾经发誓要保护他，进入他的生活中时唯一的愿望就是要为他避风遮雨；不相信我那十七岁的儿子，孤身一人，在岁末的寒夜，冰冷的林子里，会选择用自己的皮带打一个坚固的结，用它结束自己的生命，在离我那么近的地方。我还是不能相信，他已经不在这个地球上，永远消失了。他的身体，他的声音，都不存在了。从那以后，我的孩子正在被土地里细小的生物们啃噬，而这就是自然法则。当然，在我的梦里，他根本就没死——他长大了。像发生了奇迹，他成年了，平安无虞，褐色头发剪短了。看见那个年龄的他，我感觉怪怪的。可他活着，活灵活现。我们的儿子——现在我终于能这么叫他了，我第一次不用担心有谁会夺走他。我们的儿子今年该有四十岁了，如果他没自杀的话。你能想象他的样子吗？我时常想起奥登①那首著名的《葬礼蓝调》。不知什么神秘的原因，诗句在我的记忆深处回响："我以为爱可以不朽，我错了。让星星们都退下吧，把每一颗都摘掉，把月亮和太阳都拆掉，把海洋倒空，把森林拔掉，因为从此以后，不会再有好事发生。"把森林拔掉，弗兰克。记得吗，在罗马的时候，无论去哪个方向，几乎都要绕行罗马广场和斗兽场。这就像在生活中，我们每做一件事，总会想起现在或过去的一些事情，而我们必须学着接受。既然我原谅了自己（我得说事实确实如此，因为我还活着，站在这里，呼吸着伦敦四月的新鲜空气；因为我没有跟着我的孩子自杀，我肯定原谅了自己，至少是部分原谅），那么，我必然也已经原谅了你。

---

① 威斯坦·休·奥登（1907—1973），英裔美国诗人。

火烧起来的时候，我脑子里曾经闪过念头：你居然没为你的画感到痛心，这很奇怪。后来几天，这又让我感到安慰，觉得在那个时刻，你没有想到自己的画。然而，你最终让我知道我错了，有一次聊天时，你不经意间透露，你在悲剧发生的前一天，已经把最近几个月的画作都寄给了经纪人，因此着火时你就清楚，这方面你没什么可担心的。这个小小的细节，深深地伤害了我，比我以为的还要深。实际上，在接下来的那几年，你爆发出惊人的创造力。在大家都以为你的创作要走下坡路的时候，你的表现出人意料。我离开了，可你继续留在那里，你叫人按你的设计重建了画室，重新勤奋地投入了工作。说实话，我以为你现在还住在那里。

我想，从前人们想买你的画，是因为你看上去坚不可摧；而那之后，人们买你的画，是因为你被可怕地击垮了，你的孩子自杀了。他以死来逃避你、惩罚你，他就死在他父亲经年累月一笔笔精心描绘的壮丽森林里。

这好像是他最后的努力，他想让我们明白，他多么希望能在我们的生活中占据另一种位置。他想说他就在画面中间，永远不再离开。他想说他比绘画更重要。也就是在那时，你开始切割自己的画。路德维克死后你仍然在作画，你没有崩溃到不能作画的地步。事实上，我想，应该是别人提醒你还是要继续作画。后来，我甚至在一些博物馆见到，人们在你的画作旁边特意挂着小铭牌，上面印着那个如此私密的信息：弗兰克·爱泼道尔，布面油画。这是画家在自己唯一的儿子上吊自杀后的作品。我哭着把这些铭牌扯掉，警报器却没有响。我搞不清楚这是为什么。

　　我们做了什么，弗兰克？我一直不知道怎么向别人解释我们的少年时代、我们的默契、我们几十年来始终如一的对彼此的需要以及别人带给我们的失望。我知道那么多词汇，可不知道怎么向你诉说，弗兰克·爱泼道尔。我一生都在写字，我不善言辞。直到现在我才告诉你：我爱你，弗兰克。我希望，有人能看到现在的我们。就在此时此刻，你我面对面，站在嘈杂的大街上，在一个我们从未共同生活过的城市里。我希望此时此刻，有人来审判我们。那将是最后的审判。太阳落在樱草山后面，我这样低声跟你说了快六个小时了吧？我们的人生就是这样了，弗兰克。不会再有其他。结束了，吻我吧！至于其余的一切，都为时已晚。

译后记

　　黑发、清秀、瘦削，1987年出生于法国南特的茉莉亚·凯尔尼侬，似乎就是我们口中的"80后美女作家"，不过照片中的她，看上去少了这个标签暗含的脂粉气，眼神中多了些疏离感。译完了这本《一生所爱》，又上网搜了搜她前面写的两本书的介绍，我猜想她跟许多文学天才一样，曾经是个早熟的孩子，在文字和思维的世界里游刃有余，在现实的生活中天真笨拙。我还没有跟她本人交流过，这个猜想有待证实。

　　我这种印象其实也来自本书的主人公——海伦。以第一人称叙述，同时包含大篇幅心理描写的小说，总让人疑心其中或多或少有作者的影子。作家的履历又强化了我这种印象：茉莉亚拥有美国文学博士学位，27岁时出版的第一部小说《吸墨纸》，斩获多个文学奖项，包括分量十足的弗朗索瓦丝·萨冈奖，第二本书《阿提拉·吉斯最后的爱情》又获得了专注女性文学的"丁香园奖"。茱莉亚大概是那种"除了写作，没有其他可能"的人吧，跟本书中的海伦一样。

2018年8月出版的《一生所爱》是茱莉亚的第四本书，一上架就获得了不俗的评价。法国《世界报》的评论文章把本书概括为："老妪对老翁倾诉衷肠，昔日激情与伤痛重现。细腻之作。"魁北克著名日报《责任报》则评论说，《一生所爱》是一本让人"读完了还放不下，发誓要再读一遍"的书。

弗兰克与海伦都是英国外交官的孩子，出生于二十世纪三十年代末，相识于五十年代的罗马，少年时结下友情，其后分分合合，纠缠一生。小说原文题目是*Ma dévotion*，"dévotion"在法文中原本是个宗教词汇，有"信仰""奉献"的意思，它点出了海伦对弗兰克感情的基调：从初相见起，海伦就确信，弗兰克是她"一生的使命"。而弗兰克却始终像个没心没肺的孩子，心安理得地享受海伦的照顾，把她当作根据地、避风港，在她的奉献里养精蓄锐，然后去征服外面的世界，以及其他的女人。这是一个关于"不对等的爱"的故事，两人之间情感的不平衡也最终铸成了悲剧结局。

故事的倒叙结构，以及第一人称内心独白的叙事样式，使小说从一开始，就在看似松散的行文底下有隐隐约约的紧张悬疑气氛，让人禁不住一口气读完。用半天的时间粗略读完第一遍，我在心里把小说简单粗暴地归结为"怨妇控诉自私男人"的故事。我先看到的是女主人公哀怨外表下的自负与自恋，她似乎通篇在不遗余力地贬低负心郎，证明自己的正确，这让我不喜欢。然而书里又有些东西处处引起我的共鸣，给我知己般的亲近感，我几乎没犹豫就决定接受这个翻译工作。

翻译完了，发现这个并不复杂的故事其实有丰富的内涵，可以从不同的层面来解读。这几乎不能算是一个爱情故事，很难用某个词来定义男女主人公之间的关系。弗兰克对海伦，看似不是爱情，却难说没有爱情的成分，或者是某一类型的特别的爱情；海伦对弗兰克，看起来无疑是爱情，但仔细研究，却难说她爱的究竟是弗兰克，还是别的什么，她强烈的感情里掺杂了多少占有、控制，和其他的隐秘成分。

从这个角度看，故事无关男女，研究的是两个"人"的关系。而一切都不是表面看上去那么单纯：扮演"保护者""大姐姐"角色的海伦，在内心世界里更像一个祈求爱的孤儿，她对弗兰克的奉献，未尝不是一种掩盖的索取，她痛苦的根源，似乎是弗兰克的自私、自恋、自我中心，而她对弗兰克那种使命般的保护情结，又何尝不是出于深刻的自恋，她对弗兰克的需要，并不比弗兰克对她的需要少。海伦真正珍视的，也许只是她与弗兰克两人这种"共生"的局面，她会不惜一切代价，甚至犯罪去维护它，连她深爱的养子，在她内心的位置也要排在她与弗兰克的关系之后。

两位主人公与父母、家庭的关系也是很有意思的心理学案例。两人的个性、人生态度，特别是弗兰克对婚姻的厌恶，对女性的态度，无不与原生家庭密切相关。

从两性关系的角度来看，本书又带着强烈的女性身份自觉。故事发生的时间跨度从二十世纪五十年代到九十年代，一个西方社会女性地位及两性关系发生深刻变化的时代。年轻时的海伦不想嫁人只想读书，她的举动几乎称得上离经叛道。她少时与父亲、哥哥们的关系，母亲及周围人看待她的眼光，处处透出女性要发扬个性、成就自我的艰难。长大成人后，弗兰克是她的一切，是她生活的主题，而在弗兰克的世界里，海伦却只是一部分，就算她像故土一般重要，引得他时时回归，他却永远跃跃欲试想远走高飞。

海伦聪明严谨，有天才，有追求。弗兰克还过着游手好闲的公子哥儿生活的时候，她就已经开始有自己的事业。弗兰克的成名她功不可没，但她最终成了著名画家背后的女人。书中君特用电梯与摩天大楼的比喻指出了这层意思：没有电梯就没有摩天大楼，但人们只看见摩天大楼，电梯却被遗忘了。男权社会的不公？这不禁让人想起罗丹背后的卡米耶·克罗戴尔。

"宿命"是小说隐藏的一条主线。男女主人公一生中所有的选择和决定，看似偶然，实则都是命运的驱使，万千个"细节协同配合"，最终促成结局的发生。为了表达这层含义，作者在叙事中埋伏了很多细节，如关于诺曼底的"树"，初次提起不动声色，读者到最后才明白"树"在故事中扮演的角色，方觉暗流涌动般惊心动魄。强烈的宿命感贯穿叙事始终，给了时间跨度很大的故事紧凑的内在结构，有命运步步紧逼之感，这也是读完后令人回味的一点。海伦对弗兰克的情感，又令人想到佛家所说的"执念"。

《一生所爱》是我翻译的第一本文学作品，很久之前就想尝试文学翻译，年过不惑才得到这个机会。感谢同事、译者邓颖平的介绍，使我有幸从海天出版社拿到这本书的翻译，更感谢胡小跃老师的信任。希望我的文字不会太辜负你们，辜负原著，希望读者喜欢。

台学青

2018年岁末于北京